AF202668

Tucholsky Wagner Zola Scott Sydow Freud Schlegel
Turgenev Wallace Fonatne

Twain Walther von der Vogelweide Fouqué Friedrich II. von Preußen
Weber Freiligrath Frey
Kant Ernst
Fechner Fichte Weiße Rose von Fallersleben Richthofen Frommel
Hölderlin
Engels Fielding Eichendorff Tacitus Dumas
Fehrs Faber Flaubert
Eliasberg Ebner Eschenbach
Feuerbach Maximilian I. von Habsburg Fock Eliot Zweig
Ewald Vergil
Goethe Elisabeth von Österreich London
Mendelssohn Balzac Shakespeare
Lichtenberg Rathenau Dostojewski Ganghofer
Trackl Stevenson Doyle Gjellerup
Mommsen Tolstoi Hambruch
Thoma Lenz Hanrieder Droste-Hülshoff
Dach Verne von Arnim Hägele Hauff Humboldt
Reuter
Karrillon Garschin Rousseau Hagen Hauptmann Gautier
Damaschke Defoe Hebbel Baudelaire
Descartes
Hegel Kussmaul Herder
Wolfram von Eschenbach Schopenhauer
Dickens Rilke George
Bronner Darwin Melville Grimm Jerome Bebel
Campe Horváth Aristoteles Proust
Bismarck Vigny Barlach Voltaire Federer Herodot
Gengenbach Heine
Storm Casanova Tersteegen Grillparzer Georgy
Chamberlain Lessing Langbein Gilm Gryphius
Brentano Lafontaine
Strachwitz Claudius Schiller Kralik Iffland Sokrates
Katharina II. von Rußland Bellamy Schilling
Gerstäcker Raabe Gibbon Tschechow
Löns Hesse Hoffmann Gogol Wilde Vulpius
Luther Heym Hofmannsthal Klee Hölty Morgenstern Gleim
Roth Heyse Klopstock Kleist Goedicke
Luxemburg Puschkin Homer
La Roche Horaz Mörike Musil
Machiavelli
Navarra Aurel Musset Kierkegaard Kraft Kraus
Nestroy Marie de France Lamprecht Kind Kirchhoff Hugo Moltke
Laotse Ipsen Liebknecht
Nietzsche Nansen Ringelnatz
Marx Lassalle Gorki Klett Leibniz
von Ossietzky May vom Stein Lawrence Irving
Petalozzi Platon Knigge
Sachs Pückler Michelangelo Kafka
Poe Liebermann Kock
de Sade Praetorius Mistral Zetkin Korolenko

Der Verlag tredition aus Hamburg veröffentlicht in der Reihe **TREDITION CLASSICS** Werke aus mehr als zwei Jahrtausenden. Diese waren zu einem Großteil vergriffen oder nur noch antiquarisch erhältlich.

Symbolfigur für **TREDITION CLASSICS** ist Johannes Gutenberg (1400 — 1468), der Erfinder des Buchdrucks mit Metalllettern und der Druckerpresse.

Mit der Buchreihe **TREDITION CLASSICS** verfolgt tredition das Ziel, tausende Klassiker der Weltliteratur verschiedener Sprachen wieder als gedruckte Bücher aufzulegen – und das weltweit!

Die Buchreihe dient zur Bewahrung der Literatur und Förderung der Kultur. Sie trägt so dazu bei, dass viele tausend Werke nicht in Vergessenheit geraten.

Geheimagent Nr. 6

Edgar Wallace

Impressum

Autor: Edgar Wallace
Übersetzung: Ravi Ravendro
Umschlagkonzept: toepferschumann, Berlin

Verlag: tredition GmbH, Hamburg
ISBN: 978-3-8472-3693-1
Printed in Germany

Text der Originalausgabe

Edgar Wallace

Geheimagent Nr. 6

Titel des englischen Originals:
Number Six.

Ins Deutsche übertragen von
Ravi Ravendro.

Kriminalroman

1

Nachdem man auf der internationalen Polizeikonferenz in Genua drei Tage lang die verschiedensten Probleme erörtert hatte, kam man schließlich auch auf Cäsar Valentine zu sprechen. Es lag nichts Besonderes gegen ihn vor; die Beamten tauschten nur im Anschluß an den Fall Gale ihre Meinungen über ihn aus.

»Ich verstehe eigentlich nicht, was man diesem Mann vorwirft«, sagte Lecomte von der Pariser Sûreté. »Er ist reich, sehr bekannt und sieht vorzüglich aus – aber das alles kann man doch nicht als ein Verbrechen bezeichnen.«

»Wo mag er nur das Geld herhaben?« fragte Leary, der aus Washington kam. »Fünf Jahre lang war er bei uns in den Staaten, aber er hat immer nur Geld ausgegeben.«

»Auch das ist weder in Frankreich noch in Amerika ein Verbrechen«, erwiderte Lecomte lächelnd.

»Leute, die mit ihm in Geschäftsverbindung standen, hatten das Unglück, plötzlich zu sterben.«

Es war Hallett von der Londoner Kriminalpolizei, der diese unfreundliche Bemerkung machte.

Leary nickte.

»Ja, das stimmt auch mit unseren Beobachtungen überein. Die Vorsehung meinte es sehr gut mit Mr. Valentine. Er hatte sich vor ein paar Jahren auf der Chikagoer Börse in Weizen engagiert, und die Kursentwicklung ging gegen ihn. Die Preise fielen und fielen, und an der Spitze der Baissegruppe stand Burgess. Er war ein persönlicher Gegner Valentines und hätte ihn auch ruiniert, aber eines Morgens wurde er auf dem Boden eines Liftschachtes in seinem Hotel tot aufgefunden. Er war vom neunzehnten Stockwerk in die Tiefe gestürzt.«

Lecomte zuckte die breiten Schultern.

»Kann das nicht ein Zufall gewesen sein?«

»Wenn dies der einzige Fall wäre, könnte man es annehmen«, entgegnete Hallett. »Aber hören Sie weiter. Dieser Mr. Valentine befreundete sich mit dem Bankier George Gale in England. Gale finanzierte ihn mit Bankgeldern, obwohl das niemals bewiesen wurde. Der Mann hatte die Gewohnheit, ein Nervenstärkungsmittel zu nehmen, das er in seinem Büro stehen hatte. Eines Abends wurde er mit der kleinen Flasche in der Hand in seinem Privatkontor tot aufgefunden. Das Etikett trug die Aufschrift der Medizin, aber in Wirklichkeit enthielt die Flasche ein starkes Gift. Als später die Bücher der Bank geprüft wurden, stellte sich heraus, daß eine Summe von hunderttausend Pfund fehlte. Valentines Konto war vollkommen in Ordnung. Man nahm allgemein an, daß Gale Selbstmord verübt hätte, und Valentine schickte zu seiner Beerdigung den größten Kranz.«

»Nun, ich will Valentine nicht verteidigen«, entgegnete Lecomte, »aber ich sehe wirklich noch keinen zwingenden Grund, den Mann für einen Verbrecher zu halten. Es mag immerhin. Selbstmord gewesen sein. Können Sie vielleicht das Gegenteil beweisen? Sicher ist der Fall doch mit aller Gründlichkeit von Scotland Yard untersucht worden.«

Hallett nickte.

»Und es wurde nichts Belastendes gegen Valentine gefunden?« fragte Lecomte. »Sie halten den Mann trotzdem für verdächtig? Nun, wenn das tatsächlich der Fall sein sollte, helfe ich Ihnen mit sämtlichen Beamten der Sûreté. Ich werde ihn das nächste Mal Tag und Nacht bewachen lassen, denn gewöhnlich bringt er sechs Monate des Jahres in Frankreich zu. Aber offen gestanden sähe ich es lieber, wenn Ihr Verdacht besser begründet wäre.«

»Er ist mit der Frau eines anderen durchgebrannt«, begann Hallett noch einmal. Lecomte lachte laut.

»Verzeihen Sie«, entschuldigte er sich gleich darauf, »aber das ist nach französischem Gesetz kein Verbrechen.«

Die allgemeine Unterhaltung wandte sich dann anderen Dingen zu.

Ein Jahr später saß Hallett in seinem Büro in Scotland Yard am Schreibtisch und las mit düsterem Gesichtsausdruck einen Bericht durch.

Eine halbe Stunde lang dachte er darüber nach, dann klingelte er. Kurz darauf trat jemand in den Raum.

»Vor etwa sechs Monaten«, begann der Chef ernst, »haben Sie mir Ihre Ansichten über Mr. Valentine auseinandergesetzt. Bitte unterbrechen Sie mich nicht, hören Sie mich erst zu Ende an. Ich habe Sie gern – das wissen Sie. Und ich vertraue Ihnen, sonst würde ich Sie nicht vor eine so schwere Aufgabe stellen. Ich bin davon überzeugt, daß Ihre Theorien in gewisser Weise begründet sind. Deshalb habe ich mich auch so viel mit Ihnen befaßt und Sie für die Lösung dieser Aufgabe geschult.

Bei solchen Fällen muß man vor allem Geduld haben. Chefinspektor Burns schickte einen Mann nach den Minenfeldern, um einen Mörder zu suchen. Als Anhaltspunkt hatte der Beamte nur eine kleine Fotografie, auf der ein Teil der rechten Gesichtshälfte des Täters zu sehen war. Es dauerte drei Jahre, bis er ihn fassen konnte.

Lecomte von der Sûreté wartete fünf Jahre, bis er Madame Serpilot verhaftete. Als ich noch ein junger Beamter war, verfolgte ich die Bande von Cully Smith drei Jahre und acht Monate lang; erst dann gelang es mir, Cully zu überführen. Vielleicht kostet es Sie ebensoviel Zeit, Cäsar Valentine schachmatt zu setzen.«

»Wann soll ich beginnen?«

»Sofort. Niemand darf Ihren Aufenthalt erfahren, nicht einmal diese Dienststelle. Ihr Gehalt wird Ihnen jeden Monat postlagernd zugesandt, und in den Akten wird hinter Ihrem Namen die Bemerkung stehen: ›Sonderauftrag im Ausland‹.«

»Manches wird sehr schwierig sein. Mein Name –«

»Sie haben keinen Namen. Von jetzt ab heißen Sie Nummer Sechs, und niemand außer uns beiden weiß, wer Sie sind. Ich werde Auftrag geben, daß Scotland Yard aufgrund Ihrer Nachrichten, Wünsche – oder auch Hilferufe handelt. Gehen Sie nun und versuchen Sie, mit Valentine fertig zu werden. Vielleicht ist er tatsächlich der gefährlichste Mensch auf der ganzen Welt; andererseits wäre es aber auch möglich, daß die Gerüchte, die wir über ihn gehört haben, nicht auf Wahrheit beruhen. Sie übernehmen eine schwere Aufgabe. Man kann einen Mann nicht ins Gefängnis werfen, weil er viel Geld ausgibt, oder weil er mit der Frau eines anderen durchbrennt. Natürlich ist er bei den Männern nicht beliebt, und Leute, die hassen, nehmen es mit der Wahrheit nicht zu genau. Sie müssen kühn, aber vollständig unauffällig vorgehen, denn ich glaube, er hat überall auf der Welt seine Verbindungen. Zu meinem größten Erstaunen entdeckte ich, daß er sogar hier in diesem Amt einen Mann bestochen hatte, der ihm Nachrichten zukommen ließ. Dadurch wurden mir die Augen geöffnet, und ich erkannte, wie schwer es sein wird, diesen Fall aufzuklären. Ein Mann bezahlt nicht Tausende von Pfund, um einen Spion hier im Polizeipräsidium zu haben, wenn er nicht etwas zu fürchten hat.«

Nummer Sechs nickte.

»Also, die Welt steht Ihnen offen, und Sie können auf eine große Belohnung rechnen, wenn Sie Erfolg haben. Suchen Sie vor allem seine Freunde – Sie können in alle Gefängnisse Englands gehen und die Verbrecher verhören, die etwas von ihm wissen. Vielleicht hilft Ihnen das weiter.«

»Es ist eine sehr große Aufgabe, vor die Sie mich stellen, aber es ist die einzige auf der Welt, die ich mir wünsche.«

»Das weiß ich«, erwiderte Hallett. »Sie werden eine sehr einsame Zeit durchmachen, aber wahrscheinlich von allerlei Leuten unterstützt werden – ich denke an die Männer und Frauen, die Valentine ruiniert hat, die Väter junger Mädchen und die Männer von Frauen, denen er nachstellte. Sie werden gute Verbündete sein. Gehen Sie jetzt.«

Er stand auf und reichte Nummer Sechs die Hand.

»Also, leben Sie wohl, und viel Glück, Nummer Sechs«, sagte er lächelnd. »Wenn ich Sie von jetzt ab irgendwo auf der Straße treffe, werde ich Sie nicht erkennen. Sie sind für mich ein Fremder, bis Sie durch Ihre Zeugenaussage vor dem Kriminalgericht in Old Bailey Mr. Valentine für immer ausschalten.«

Nummer Sechs verließ das Büro, und Hallett trug in die amtliche Geheimliste hinter dem Namen von Nummer Sechs die Bemerkung ein:

»Mit Sonderauftrag im Ausland. Dieser Agent darf in keinem Bericht erwähnt werden.«

Ein Jahr später ließ Hallett Sergeant Steel in sein Büro kommen und erzählte ihm über die geheime Mission von Nummer Sechs soviel, als ihm ratsam erschien.

»Ich habe seit Monaten nichts mehr von Nummer Sechs gehört«, sagte er dann. »Fahren Sie nach Paris und beobachten Sie Cäsar Valentine.«

»Sagen Sie mir doch wenigstens, ob Nummer Sechs ein, Mann oder eine Frau ist?«

Hallett grinste.

»Das will Cäsar auch schon seit Monaten wissen. Ich habe drei Beamte entlassen müssen, weil sie versuchten, das Geheimnis herauszubringen. Ich warne Sie also, nicht in denselben Fehler zu verfallen, sonst bliebe mir nichts anderes übrig, als auch Ihnen den Laufpaß zu geben.«

2

Kaum hundert Meter vom Quai des Fleurs entfernt hatte Chi So ein Restaurant.

Er selbst war ein Japaner, der sich als Chinese ausgab. Sein Lokal war nicht elegant, aber sehr beliebt. Viele Leute kamen hierher, um die exotischen Speisen zu genießen, die in seiner Küche zubereitet wurden, und gewöhnlich parkte eine große Anzahl von Wagen in der Nähe.

Tre-Bong Smith aß niemals bei Chi So, aber er verkehrte häufig dort. Das Restaurant befand sich in einem Eckhaus, das schon vor langer Zeit errichtet worden war. Unter dem Gebäude lag ein sehr geräumiger Keller, ein großer, gewölbter Raum, den Chi So in ein unterirdisches Lokal für seine Stammkunden verwandelt hatte.

Seit Wochen war Tre-Bong Smith mit größter Regelmäßigkeit jede Nacht um zwölf Uhr hier erschienen, um in einer der Kojen Opium zu rauchen und bis gegen vier Uhr morgens dort zu ruhen.

Aus vielen triftigen Gründen zog er es vor, nachts nicht in Paris herumzuwandern. Es tagte eine internationale Polizeikonferenz in der Stadt, und es war unmöglich für ihn, sich auf der Straße aufzuhalten, ohne Beamte von Scotland Yard zu treffen, die ihn sicher erkannt hätten.

Ob allerdings andere Besucher in dem schlanken, wenig gepflegten jungen Menschen einen früher bedeutenden Sportsmann der Universität Cambridge erkannt hätten, ist fraglich. Aber gewisse Abteilungen der Polizei hatten tatsächlich seinen Steckbrief.

In einem kleinen Cafe am Montmartre, in dem er abends meistens zu treffen war, hatte man ihm den Namen Tre-Bong Smith gegeben, weil er auf alle Fragen, die man an ihn richtete,»très bon« antwortete, anstatt»très bien«, wie es richtig hieß. Selbst als man später entdeckte, daß er ein tadelloses Französisch sprach und dieses»très bon« nur eine Angewohnheit von ihm war, behielt er den Namen. Auch im Lokal von Chi So wurde er so genannt. Man hielt ihn dort für einen sehr gefährlichen Mann.

Es gab Tage, an denen er seine Sous zählte. Manchmal blieb er Tage und Nächte unsichtbar, und wenn er dann wieder auftauchte, hatte er genügend Geld und wechselte Tausendfrancnoten mit der Eleganz eines Croupiers von Monte Carlo.

Aber wenn er sich überhaupt zeigte, verkehrte er regelmäßig bei Chi So.

Ebenso regelmäßig wie Smith besuchte auch Cäsar Valentine das Lokal. Jeden Montag, Donnerstag und Sonnabend erschien er pünktlich um zwei Uhr nachts in der Privatloge, wie die Gäste Chi Sos den Platz nannten. In einer Wand befand sich ungefähr in halber Höhe vom Boden eine halbkreisförmige Öffnung, vor der ein Balkon angebracht war. Dort brannte nie Licht, und der Raum war durch schwere Vorhänge abgesperrt. Man vermutete, daß Chi So ziemlich viel verdiente, indem er hier vornehme Leute, die einmal eine Opiumhöhle in Paris sehen wollten, gegen ein Eintrittsgeld einließ. Manchmal kamen auch Journalisten, die Geschichten aus dem Chinesenviertel verfaßten und das Milieu studieren wollten.

Cäsar Valentine kam für gewöhnlich durch eine Privattür direkt in den Keller, aber manchmal ging er auch durch die »Halle«, sah sich dort nach allen Seiten mit seinem frechen, herausfordernden Blick um und verschwand dann durch eine kleine Tür, hinter der eine eiserne Wendeltreppe zu der Loge hinaufführte. Dort hielt er sich gewöhnlich eine Stunde auf, schaute auf die Opiumraucher hinunter und betrachtete das merkwürdige Lokal mit den weißgetünchten Wänden, den großen, chinesischen Laternen und den vielen Kojen, in denen die Leute dem Opiumlaster frönten.

Chi So sagte, daß Cäsar Valentine ein »schöner Mann« wäre, und diese Beschreibung war nicht übertrieben. Valentine erschien stets in einem Frack, der ihm ausgezeichnet saß und seine schlanke Gestalt vorzüglich zur Geltung brachte. Er hatte klare, regelmäßige Gesichtszüge; seine braunen Haare waren an den Schläfen leicht ergraut. Als Tre-Bong Smith ihn zum erstenmal sah, hielt er ihn für achtundzwanzig. Bei ihrer zweiten Begegnung fiel jedoch das Licht einer Laterne direkt auf Valentine und ließ ihn bedeutend älter erscheinen. In seinen mandelförmigen braunen Augen lag ein melancholischer Ausdruck. Sein Kinn war etwas zu voll und zu rund; seine Wangen zeigten eine leichte Röte.

Eines Abends betrat Tre-Bong Smith wieder das Lokal Chi Sos durch die Seitentür, die die Opiumraucher benützten. Im Vorraum hatte er seinen Mantel ausgezogen.

Chi So, der ein blaues Seidengewand trug, rieb sich die Hände. Der kleine, häßliche Mann mit den schlauen Augen war herausgekommen, um seinen Stammgast zu begrüßen.

»Regnet es draußen, Mr. Smith?« fragte er mit seiner lispelnden Stimme.

»Es gießt ganz gehörig«, brummte Tre-Bong. »Eine entsetzliche Nacht, selbst für Paris!«

Chi So grinste.

»Sie können heute viel Opium rauchen. Ich habe eine neue Sendung aus China bekommen. Es sind auch viele Leute hier heute abend.«

Smith ging die Steintreppe hinunter zu der für ihn reservierten Koje. Sie lag der »Loge« direkt gegenüber.

Der Chinese O'San, der die Raucher bediente, brachte ihm seine Pfeife, steckte sie an und eilte dann davon.

Die üblichen Stammgäste, eine merkwürdig zusammengewürfelte Gesellschaft, hielten sich auch an diesem Abend hier auf. Neben Leuten aus den vornehmsten Kreisen und einigen Frauen beobachtete Smith einen alten Bettler, der seine Lebensgeschichte hatte drucken lassen und sie für ein paar Münzen an den Straßenecken verkaufte, und einen eleganten Herrn, den Attache irgendeiner ausländischen Gesandtschaft. Tre-Bong merkte sich ihn, um später eventuell Nutzen daraus zu ziehen.

Der alte Lefèbre sah den zufriedenen Ausdruck in Tre-Bongs Gesicht und ging zu der Koje eines Bekannten.

»Smith scheint ja einen guten Fang gemacht zu haben«, meinte er. »Er sieht so vergnügt aus ... Vor einem Monat kam er von Enghien, hatte die Taschen voll Geld, und in der Seine fand man die Leiche des berühmten Sportsmanns Tosseau ... Chi So sollte doch solche Verbrecher nicht hier verkehren lassen.«

Der andere schimpfte und fluchte, weil er in seinen angenehmen Träumen gestört worden war, und Lefèbre ging wieder fort.

Tre-Bong lag in seiner Koje, stützte sich auf die Ellenbogen und war auch in Träume versunken. Sie waren jedoch von anderer Art, als man hätte annehmen sollen.

Punkt zwei Uhr kam Cäsar Valentine mit Chi So, der ihn gewöhnlich begleitete. Der Asiate war sehr unterwürfig, aber Valentine sagte nichts. Er ging zwischen den Kojen durch und machte vor dem Platz von Tre-Bong halt, der mit offenen Augen vor sich hinstarrte.

Valentine betrachtete ihn einen Moment zerstreut, dann wandte er sich ab und ging durch die kleine Tür, die Chi So für ihn geöffnet hatte. Kurz darauf erschien er in der Loge, legte seine weißen Hände auf die rote Plüschpolsterung der Brüstung und sah auf die Opiumraucher hinunter. Und immer wieder kehrten seine Blicke zu dem unrasierten Engländer zurück.

Um halb drei entstand plötzlich eine Unruhe; aufgeregte Stimmen waren auf der Treppe zu hören, die zur Opiumhöhle hinunterführte. Gleich darauf erschien Chi So. Er war außer sich vor Schrecken, ging schnell auf Tre-Bong Smith zu und sprach mit ihm. In einer Sekunde war Smith auf den Füßen.

»Sie müssen gehen – die Polizei sucht nach Ihnen – hier, diesen Weg!« Chi So zeigte auf den kleinen Ausgang, der zur Loge hinaufführte. »Mr. Valentine wird nichts dagegen haben.«

Mit zwei großen Sätzen war Smith bei der Tür, schloß sie hinter sich und stieg geräuschlos die Treppe hinauf.

Cäsar Valentine wandte sich um, als Tre-Bong eintrat.

»Sind Sie in Gefahr?« fragte er.

»Im Augenblick noch nicht, aber in ein paar Minuten wird es wohl soweit sein«, entgegnete Smith und öffnete sein Hemd auf der Brust.

Cäsar sah die Mündung einer kleinen Pistole, die der Mann unter dem Arm versteckt hatte, und begriff nun auch, warum Tre-Bong immer auf der rechten Seite lag.

»Kennen Sie den Ausgang? Ich will Ihnen den Weg zeigen.«

Er zog den Vorhang zurück, der eine Tür in der Wand verdeckte. Smith ging hindurch und kam in einen matt erleuchteten Gang.

»Geradeaus, dann nach rechts«, sagte Cäsar hinter ihm. »Die Tür öffnet sich sehr leicht.«

Smith fand die Tür und trat auf einen kleinen Hof hinaus. Cäsar Valentine eilte an ihm vorbei über den Hof und öffnete ein Tor, das auf eine Seitenstraße führte. Es regnete heftig, und ein scharfer Südwestwind blies ihnen ins Gesicht.

»Warten Sie«, sagte Cäsar.

Er legte seinen weiten Mantel um die Schultern.

»Sie sind jünger als ich, und der Regen wird Ihnen nicht schaden.«

Smith grinste im Dunkeln und zog das Dolchmesser aus der Hüfttasche.

Valentine führte ihn durch ein Labyrinth von kleinen Gassen, und kurze Zeit später standen sie auf dem verlassenen, düsteren Quai.

Plötzlich packte Valentine seinen Begleiter am Arm.

»Einen Augenblick. Sie sind doch der Mann mit dem lächerlichen Spitznamen – nicht wahr?«

»Ich kann nichts dafür, daß die Leute ihn mir gegeben haben«, erwiderte Smith ein wenig kühl.

Valentine lachte.

»Sie sind also Tre-Bong Smith?«

Der andere nickte.

»Das dachte ich mir doch gleich. Ich wollte nur keinen Fehler machen. Das ist ja eigentlich bei mir auch ausgeschlossen«, fügte er hinzu.

Smith sah zwei Scheinwerfer und vermutete, daß sie zu Valentines Auto gehörten. Mit schnellen Schritten ging er seinem Begleiter etwas voraus auf den Wagen zu. Aber als er kaum noch dreißig Schritte davon entfernt war, tauchte plötzlich ein Mann aus dem

Dunkeln auf, packte ihn am Kragen, drehte ihn um und leuchtete ihm mit einer Taschenlampe ins Gesicht.

»Hallo!« sagte der Mann. »Sie sind doch Tre-Bong Smith? Ich verhafte Sie, mein Junge.«

Valentine hielt bestürzt an, zog sich in den Schatten zurück und beobachtete von dort aus die weitere Entwicklung.

Nur einen Augenblick zögerte Smith, dann schlug er mit einer schnellen Bewegung die Taschenlampe aus der Hand des Beamten. Im nächsten Moment hatte er ihn an der Kehle gepackt und drückte ihn gegen die graue Steinbrüstung, hinter der die Seine floß.

»Was, du willst mich verhaften, du Schwein?« zischte er.

Das Dolchmesser blitzte in seiner Hand, und mit unglaublicher Schnelligkeit stieß er zu.

Der Polizist sank lautlos zu Boden.

Smith sah sich hastig nach allen Seiten um, bückte sich dann, hob den Mann auf und warf ihn über das Geländer in den Fluß.

Ein Stöhnen war zu hören, aber Tre-Bong Smith lachte nur, als er das Messer nahm und ins Wasser schleuderte.

Valentine rührte sich nicht, bis die Waffe im Strom verschwand. Dann kam er hervor.

»Sie sind etwas hitzig, mein Freund«, sagte er nur, ging mit raschen Schritten zu dem Wagen und öffnete die Tür.

Der Chauffeur hatte bei der schlechten Beleuchtung nicht sehen können, was geschehen war, aber andere Leute konnten Zeugen dieses kurzen, unheimlichen Kampfes gewesen sein.

Gleich darauf fuhr der Wagen an. Als sie an der Stelle vorbeikamen, wo der Zusammenstoß mit dem Polizisten stattgefunden hatte, glaubte Smith eine Gestalt an dem grauen Steingeländer zu sehen. Er ließ das vom Regen beschlagene Fenster herunter, um hinauszuschauen.

Im Lichtkegel der Scheinwerfer entdeckte er ein junges Mädchen, das vollständig in Schwarz gekleidet war und über das Geländer in den dunklen Fluß sah. Als das Auto vorbeifuhr, wandte es den

Kopf, und Smith konnte einen Augenblick ihr schönes, trauriges Gesicht erkennen.

Er beugte sich weiter hinaus und schaute zurück, aber Valentine packte ihn am Arm.

»Machen Sie doch nicht solchen Unsinn«, sagte Cäsar ärgerlich.

»Wen wollen Sie denn sehen?«

»Ach, niemand«, erwiderte Smith und schloß das Fenster.

3

Cäsar Valentine hatte verschiedene Häuser und Wohnungen in und bei Paris. Tre-Bong Smith wußte das genau. Zuerst glaubte er, daß die Wohnung am Boulevard Victor Hugo das Ziel sein würde, aber der Wagen fuhr geradeaus über den Place de l'Etoile und raste die Avenue de la Grande Armée entlang.

In einer solchen Nacht war es schwer, die Richtung zu erkennen, aber nach einiger Zeit merkte Smith, daß sie auf Maisons Laffitte zuhielten. Gleich darauf bog das Auto in eine Seitenstraße ein, die von hohen Hecken umgeben war, und dann ging es über einen unebenen Feldweg zu einem halbverfallenen Tor. Es war so dunkel, daß man das Gebäude dahinter nicht sehen konnte. Auch als der Wagen stand und Smith ausstieg, blieb ihm keine Zeit, sich lange umzuschauen. Er sah nur, daß es ein ziemlich großes Schloß war.

Cäsar öffnete die Tür und führte seinen Gast in die große, dunkle Halle. Dann machte er Licht, und sie gingen quer durch den Raum in einen hohen, geräumigen Salon.

»Nehmen Sie Platz!« befahl Cäsar. »Wollen Sie etwas Wein trinken?«

Er nahm ein Tablett, eine Flasche und Gläser aus einem Schrank und stellte alles auf einen kleinen Tisch in Tre-Bongs Nähe.

»Trinken Sie«, sagte er kurz.

Smith goß sich ein Glas ein.

Cäsar legte seinen nassen Mantel ab und warf ihn über eine Stuhllehne. Dann ging er zum Kamin, drehte den elektrischen Ofen an und wärmte sich. Dabei betrachtete er Smith mit eigentümlichen Blicken und lächelte spöttisch.

»Mein Freund Tre-Bong Smith«, fragte er langsam, »haben Sie schon einmal gesehen, wie jemand mit der Guillotine der Kopf abgehackt wird?«

»Schon ein halbes dutzendmal«, entgegnete Smith prompt. »Auf das Brett geschnallt, Kopf in die Vertiefung – schnack! Kopf im Korb. Vive la France!«

Valentine legte die Stirn in Falten, als ob er sich über diesen leichtfertigen Ton ärgerte. Aber dann lachte er und nickte.

»Ich glaube, Sie sind der Mann, den ich brauche. Das ist die Haltung, die man dem Leben gegenüber einnehmen muß. Aber vergessen Sie ja nicht, daß man die Behörden nicht auslachen darf. Staatsgewalt ist nicht lächerlich, sondern grausam, ungerecht und tragisch.«

Smith zog seinen nassen Rock aus, während Valentine mit ihm sprach.

»Hängen Sie ihn ans Fenster, oder besser, legen Sie ihn auf einen Stuhl vor der Tür.« Cäsar zeigte auf einen Ausgang rechts vom Kamin. »Madonna Beatrice wird sich schon darum kümmern.«

Smith kam der Aufforderung nach und wunderte sich, wer wohl Madonna Beatrice sein mochte.

Plötzlich sah ihn Cäsar scharf an.

»Haben Sie eigentlich Blut an den Händen?«

Smith schüttelte den Kopf.

»Ich habe genau zwischen die vierte und fünfte Rippe gezielt«, erwiderte er ruhig. »Es fließt nur wenig Blut an dieser Stelle.«

Valentine nickte beifällig, während Smith seine Hände betrachtete.

»Viel Opium haben Sie auch nicht geraucht«, bemerkte er, trat auf seinen Gast zu und sah ihm in die Augen.

»Ich rauche niemals Opium«, entgegnete Tre-Bong kühl. »Ich gehe nicht in Chi Sos Spelunke, um zu rauchen, sondern um zu beobachten.«

Cäsar lachte aufs neue.

»Nun, Sie können ein guter Assistent werden. Aber ich warne Sie, sich mit mir irgendwelche Tricks zu erlauben. Ich habe Ihretwegen ein großes Risiko auf mich genommen. Sie können wissen, daß auch ich Chi Sos Lokal besuche, um zu beobachten, und zwar, um Sie zu beobachten.«

Smith hatte das bereits geahnt, aber er sagte nichts.

»Ich habe Sie mir dort angesehen; Chi So hat seine Kneipe mit meinem Geld aufgemacht. Der Platz ist für mich unbezahlbar. Ich erhalte von dem Gelben viele wertvolle Nachrichten. Als ich nun erfuhr, daß sich ein englischer Verbrecher in Paris vor der Polizei versteckt, weil er in Amerika wegen eines Mordes, wegen Fälschung und verschiedener anderer ziemlich blöder Verbrechen gesucht wird, interessierte ich mich für Sie. Aber ich halte derartige Verbrechen, wie Sie sie begangen haben, für töricht und albern. Damit kommt man nicht weiter, höchstens zur Guillotine oder zum Galgen.«

Smith hätte vielleicht auch seine Ansichten über Verbrechen geäußert, wenn sich in diesem Augenblick nicht die Tür geöffnet hätte und ein Mann eingetreten wäre. Er war klein, hatte rote Haare und ziemlich rohe Gesichtszüge. Seiner äußeren Erscheinung nach paßte er weder zu seiner Umgebung noch zu Cäsar Valentine. Er war zu auffallend gekleidet und benahm sich herausfordernd. Smith vermutete, daß der Fremde getrunken hatte.

»Nun, Ernest, was wollen Sie?«

Der Mann kam mit unsicheren Schritten näher und sah von Cäsar zu Smith hinüber.

»Hallo, Sie haben Besuch?« sagte er laut.

»Wie Sie sehen«, erwiderte Cäsar freundlich.

Eine Zeitlang schwieg Ernest, dann räusperte er sich.

»Ich gehe morgen.«

»So, Sie gehen morgen?« wiederholte Valentine liebenswürdig.

»Ja, nach London. Haben Sie vielleicht etwas dagegen?«

Cäsar schüttelte den Kopf und lächelte.

»Durchaus nicht.«

»Sie wissen doch, wohin Sie mein Gehalt zu schicken haben?«

»Ihr Gehalt? Ich dachte, Sie wollten meine Dienste verlassen?«

»Sie wissen, wohin Sie mein Gehalt zu schicken haben?« sagte Ernest in drohendem Ton. »Ich nehme zehn Jahre Urlaub.« Er lachte über seinen eigenen Witz. »Das wird mir guttun, meinen Sie nicht auch?«

»Und ich soll Ihnen für zehn Jahre das Gehalt schicken?«

»Es wird Ihnen schlecht bekommen, wenn Sie es nicht tun! Ich habe nicht drei Jahre lang Ihre schmutzige Arbeit fast umsonst getan. Jetzt kann der es ja machen.« Er zeigte mit dem Kopf auf Smith. »Ich bin gespannt, wie es ihm gefällt. Ich könnte schon ein ganzes Buch über Sie schreiben, Mr. Valentine.«

Cäsar lachte.

»Das würde sicher sehr interessant werden. Sind Sie den ganzen Abend aufgeblieben, um mir das zu sagen?«

»Ja. Ich habe Ihnen eine ganze Menge zu sagen, und ich würde Ihnen noch viel mehr stecken, wenn der nicht hier wäre.«

»Dann warten Sie bis morgen früh.« Cäsar legte gutgelaunt die Hand auf Ernests Schulter. »Legen Sie sich zu Bett, mein Freund, und sagen Sie Madonna Beatrice, daß sie zu mir kommen soll.«

»Immer Madonna Beatrice!« erwiderte der Mann ärgerlich. »Die ist ja eine Schönheit!«

Cäsar schob den unangenehmen Besucher hinaus.

»Eine merkwürdige Eigenschaft von Dienern, daß sie sich einbilden, sie würden irgendwelche dunklen Geheimnisse ihrer Herren kennen und hätten sie in der Hand.«

Es klopfte, und Cäsar drehte sich schnell um.

»Kommen Sie herein, Madonna.«

Smith war auf die Frau gespannt. Cäsar stand in dem Ruf, viele Liebesabenteuer hinter sich zu haben, und Tre-Bong erwartete deshalb, eine junge, schöne Dame zu sehen. Aber die Frau, die hereinträt, war nicht jung und schön, sondern alt und korpulent. Das grauschwarze Haar hatte sie glatt aus der Stirn gebürstet und in einen Knoten aufgesteckt. Sie erschien in einem meergrünen Kleid mit großem, viereckigem Ausschnitt; um den Hals trug sie eine goldene Kette von ziemlich kitschigem Aussehen. Ihre dicken Finger waren mit Brillantringen geschmückt.

»Madonna, unser Freund hier bleibt einige Zeit bei uns«, wandte sich Cäsar in Spanisch an die Frau. »Bitte sorgen Sie dafür, daß ein Zimmer zurechtgemacht wird.«

Sie sah zu Smith hinüber und nickte. Er hatte inzwischen etwas entdeckt, was ihn mehr interessierte als ihre ungewöhnliche Aufmachung. Dieser aufmerksame Mann schaute auf ihre Füße und bemerkte, daß ihre festen Schuhe naß und schmutzig waren, als ob sie draußen umhergewandert wäre.

»Si, Señor«, entgegnete sie.

Smith hätte gern gewußt, warum Cäsar sie Madonna nannte, was in Italien früher als Anrede gebräuchlich war, während er sich doch in spanischer Sprache mit ihr unterhielt.

Cäsar schien seine Gedanken zu lesen und beantwortete die Frage, als die Frau gegangen war.

»Madonna Beatrice ist sowohl Spanierin wie Italienerin. Ich werde Ihnen das an einem der nächsten Tage erklären.«

Er erwähnte die Ereignisse des Abends nicht weiter, sprach aber noch eine Weile mit Smith über Verbrecher und Verbrechen im allgemeinen.

»Die kleinen Leute sind wirklich zu bedauern. Nehmen wir zum Beispiel diesen Ernest, den Sie eben gesehen haben. Er ist ein ganz gemeiner Kerl, ein Falschspieler und Dieb. Ich nahm ihn in meine Dienste und brachte ihn mit mir nach Frankreich, als die Polizei gerade nach ihm fahndete. Hätte man ihn erwischt, so wäre er nicht ohne eine mehrjährige Strafe davongekommen. Ich habe ihm genug Geld gegeben, und ich habe ihm sogar Französisch beigebracht.«

»Mit Geld kann man sich keine Treue kaufen«, entgegnete Smith kurz.

»Das gebe ich zu.« Cäsar nickte. »Aber mit Geld kann man sich die meisten anderen Dinge kaufen, die in dieser Welt begehrenswert sind. Und wenn ich genügend Geld hätte, könnte ich von diesem Haus aus die ganze Zukunft Europas ändern. Mit Geld kann man Parteien und Politiker kaufen.«

Er seufzte, wandte Smith den Rücken zu und betrachtete ernst das Wappen über dem Kamin.

»Welche Bedeutung hat es eigentlich?« fragte Smith plötzlich.

Cäsar drehte sich wieder um.

»Sie meinen das Wappen? Verstehen Sie etwas von Heraldik? Nein? Eines Tages werde ich es Ihnen erklären.«

Er brach die Unterhaltung ab und führte Smith in die Halle zurück.

»Ihr Zimmer ist fertig. Morgen sprechen wir über Ihre Zukunft. Es wäre nicht klug von Ihnen, hier in Frankreich zu bleiben. Außerdem brauche ich Sie in England!«

Das Zimmer, in das er seinen Gast brachte, war einfach, aber gut möbliert.

»Natürlich trinken Sie morgens Tee – Sie sind ja Engländer. Alle notwendigen Toilettegegenstände finden Sie auf dem Frisiertisch, und Madame Beatrice hat sicher einen Schlafanzug für Sie herausgesucht – ah, dort liegt er. Also, gute Nacht.«

4

Tre-Bong Smith stand reglos und lauschte auf Cäsars Schritte, die sich immer mehr entfernten. Dann sah er sich eingehend und sorgfältig in dem Zimmer um. An der Tür fand er weder Schloß noch Riegel, aber das beunruhigte ihn weiter nicht. Cäsar hatte ihn bestimmt nicht nach Maisons Laffitte gebracht, um ihn zu betrügen.

Warum hatte Cäsar ihn wohl unter seinen Schutz genommen? Der Mann hatte doch den Zusammenstoß mit dem Polizisten am Quai des Fleurs gesehen und wußte, daß er sich selbst vor dem Gesetz schuldig machte, wenn er einen Verbrecher beherbergte.

Die Pläne Cäsars mußten sehr wichtig sein, sonst hätte er nicht ein derartiges Risiko auf sich genommen. Wenn die schwarzgekleidete junge Dame nun alles gesehen hatte! Eigentlich konnte es nicht anders sein. Warum hätte sie sich sonst über das Geländer gelehnt und in den Fluß hinuntergestarrt!

Smith rieb sein Kinn und runzelte die Stirn. Sie konnte alles verderben. Wenn sie zum Beispiel zur Polizei ging… Er fluchte, als er aus seinen nassen Kleidern schlüpfte und den Halfter abnahm, in dem er seine Pistole unter dem Arm trug. Die Waffe legte er unter das Kissen.

Der seidene Pyjama, den er fand, war etwas zu lang für ihn, aber er krempelte ihn hoch, drehte das Licht aus, zog die schweren Samtvorhänge beiseite und schaute aus dem Fenster. Man konnte von hier aus leicht in den Garten springen. Unten lag ein Blumenbeet. Eine Fluchtmöglichkeit war hier also im Notfall gegeben. Es regnete nicht mehr, und die Wolken waren zum Teil verflogen. Nur der Wind blies noch heftig.

In den kurzen Augenblicken, in denen der Vollmond hinter Wolkenfetzen sichtbar wurde, konnte sich Smith über seine unmittelbare Umgebung orientieren. Der helle Fleck am Himmel dort in der Ferne war Paris, und wenn er hier tatsächlich in der Gegend von Maisons Laffitte war, so befand er sich südwestlich von der Stadt. Er warf einen Blick auf seine Armbanduhr – Viertel nach drei. In zwei Stunden würde die Dämmerung anbrechen, aber er war nicht schläfrig. Direkt ihm gegenüber lag eine große Rasenfläche, die sich bis zu einem Gebüsch hinzog. Links sah er den gelblichen Fahrweg, der zur Landstraße führte.

Als eine Uhr in der Ferne vier schlug, war er am Einschlafen. Aber plötzlich hörte er ein Geräusch, das ihn wieder vollkommen wach machte. Es klang, als ob Wasser aus einem Hahn tropfte, aber doch wieder ganz anders.

Erst allmählich wurde ihm klar, daß es von draußen kommen mußte. Es mochte der Regen sein. Vielleicht war die Dachrinne oben schadhaft und lief über. Trotzdem stand er auf und schlich zum Fenster. Man konnte nicht vorsichtig genug sein.

Zuerst sah er nichts, obwohl der Himmel jetzt ziemlich wolkenfrei war und der Mond hell schien. Aber unerwartet bot sich ihm ein so merkwürdiges Bild, daß sein Herz schneller schlug.

Über den Rasen ging eine Frau. Sie trug ein weißes oder graues Kleid und schien etwas in der Hand zu halten. Smith konnte nicht sehen, was es war, bis sie sich umdrehte und zurückging. Der Mond schien ihr hell ins Gesicht, und Smith hörte deutlich das Klirren von Stahlketten. Er hielt die Hand vor die Augen, um nicht von dem Mondlicht geblendet zu werden, und schaute vorsichtig um die Ecke des Fensters.

Die Frau ging mit merkwürdig kurzen Schritten über den Rasen. Ihre Erscheinung wirkte zu dieser Stunde grotesk und phantastisch. Sie kam jetzt immer näher an das Fenster und plötzlich erkannte Smith, daß ihre Hände mit Ketten zusammengeschlossen waren. Auch an den Füßen trug sie Fesseln, die ihren Gang hemmten.

Während Smith noch verstört auf die Frau hinuntersah, hörte er eine leise, befehlende Stimme, die aus dem Schatten der Bäume zu kommen schien. Die Gefangene wandte sich in diese Richtung, Smith beobachtete sie, bis sie verschwand, dann ging er verwirrt zu seinem Bett zurück.

Aber die Überraschungen der Nacht waren für ihn noch nicht zu Ende. Er war gerade eingeschlafen, als er durch einen Schrei wieder aufgeweckt wurde. Im selben Augenblick taumelte jemand gegen die Tür seines Schlafzimmers. Im Nu sprang Smith auf und hielt die Pistole schußbereit in der Hand. Es dämmerte schon, und es war so hell im Zimmer, daß er sehen konnte, wie sich die Tür bewegte.

Plötzlich wurde sie aufgestoßen, und jemand fiel polternd ins Zimmer. Er stieß unartikulierte Laute aus, und seine Stimme war halb von Schluchzen erstickt, als er einen Versuch machte, sich zu erheben. Smith erkannte ihn jetzt.

Es war Ernest. Aber sein Gesicht sah nicht mehr rot und gesund aus, sondern grau und verzerrt.

»Cäsar, Cäsar!« flüsterte er, dann brach er zusammen.

Draußen waren eilige Schritte zu hören, und gleich darauf kam Valentine ins Zimmer. Er trug nur Pyjama und Schlafrock und war allem Anschein nach eben erst aufgewacht.

»Was ist denn los?« fragte er und sah auf den Boden. »Ernest! Was machen Sie denn hier?«

Er schüttelte die reglose Gestalt.

»Es tut mir leid. Der Mensch ist schon wieder betrunken«, sagte er dann und hob ihn auf, als ob er ein Kind wäre. »Sie haben doch nichts dagegen?« Er legte den Bewußtlosen auf das Bett. »Machen Sie doch bitte Licht, Smith.«

Tre-Bong drehte den Schalter, und Cäsar neigte sich über den Mann. Als er aber die weitaufgerissenen, starren Augen sah, wandte er sich wieder ab.

»Er ist tot«, erklärte er ruhig. »Entsetzlich, daß das passieren mußte!«

5

So wurde Tre-Bong Smith in das Haus Cäsar Valentines einge-
führt. Die Sache hätte für ihn gefährlich werden können, wenn die
Polizei Nachforschungen über den plötzlichen Tod Ernests angestellt hätte. Aber es war bekannt, daß der Mann von Zeit zu Zeit
epileptische Anfälle hatte und sich ab und zu entsetzlich betrank.
Bei mehreren früheren Gelegenheiten hatte Cäsar bereits den Arzt
rufen müssen, um ihn wieder zum Bewußtsein zu bringen.

Smith konnte nur vermuten, was Ernest zugestoßen war. Sicher
hatte er in den frühen Morgenstunden wieder einen Anfall gehabt,
war aufgestanden und zu dem Fremdenzimmer gegangen. Cäsar
erklärte, daß er früher dort geschlafen hätte und daß ihn der Mann
in seiner Not sicher um Hilfe bitten wollte. Die Worte »Cäsar, Cäsar!« bewiesen das ja auch.

Die üblichen Nachforschungen wurden von der Polizei angestellt,
und Smith war erstaunt, wie leichtgläubig die Beamten die Erklärung Valentines hinnahmen. Solange sie im Haus waren, wurde
Smith in einem kleinen Turmzimmer versteckt, das in der äußersten
Ecke des Gebäudes lag. Die schweigende Madonna Beatrice brachte
ihm sein Essen; andere Dienstboten sah er nicht.

Am Abend wurde er wieder in den großen Salon gerufen. Cäsar
saß dort in einem bequemen Sessel, rauchte eine große Zigarre und
las in einer Sammlung von Gedichten. Als Smith eintrat, sah er auf
und lud ihn ein, Platz zu nehmen.

»In ein oder zwei Tagen will ich Sie aus Frankreich hinausschaf-
fen. Hoffentlich sind Sie durch die Geschichte nicht nervös geworden? Sie ist wirklich sehr unangenehm.«

»Ja, für uns alle«, erwiderte Smith, nahm eine Zigarette vom Tisch
und steckte sie an. »Sie haben gestern natürlich noch mit ihm gesprochen, nachdem wir uns getrennt haben?«

Cäsar runzelte die Stirn.

»Warum sagen Sie ›natürlich‹?«

»Weil er starb«, entgegnete Smith schroff. »Sie waren mit ihm zusammen, tranken noch ein Glas Wein mit ihm – und dann starb er.«

Valentine schwieg eine Weile.

»Wie kommen Sie darauf?« fragte er dann und sah Smith direkt in die Augen.

»Ich habe drei Jahre Medizin studiert, und im Verlauf dieser drei Jahre habe ich auch ein Gift kennengelernt, das tödlich wirkt, aber keine Spuren hinterläßt. Nur an Begleitsymptomen kann man es erkennen, und ich habe gesehen, daß Ernest daran gestorben ist.«

»So, haben Sie das gesehen?«

Smith nickte, und Cäsar lachte, als ob er sich darüber amüsierte.

»Dann benachrichtigen Sie am besten gleich die Polizei«, sagte er spöttisch.

»Ich habe allen Grund, das nicht zu tun«, erwiderte Smith kühl. »Aber ich halte es für richtig, daß zwischen uns beiden Klarheit herrscht. Legen Sie Ihre Karten auf den Tisch, wie ich es bereits getan habe.«

Cäsar erhob sich schnell und ging im Zimmer auf und ab.

»Sie sollen alle meine Karten zu gegebener Zeit sehen. Ich brauche einen Mann wie Sie, einen Mann ohne Herz und ohne Mitleid. Und eines Tages werde ich Ihnen ein großes Geheimnis verraten.«

Smith sah ihn merkwürdig an.

»Ich will Ihnen Ihr Geheimnis sofort sagen«, erklärte er langsam und zeigte auf das Wappen über dem Kamin. »Warum ist das hier angebracht? Warum sind die Bourbonlilien und das C in den Teppich gewebt, Mr. Valentine? Ich weiß allerdings nicht, ob Sie geisteskrank oder klar im Kopf sind.« Smith sprach langsam und überlegt. »Es mag auch nur eine Form von Größenwahn sein. Ich habe schon Leute gesehen, die derartig extravagante Gedanken hatten. Aber ich glaube, ich verstehe Sie.«

»Nun, was ist denn das für ein Wappen?« fragte Valentine.

»Es ist das Wappen der Borgia. Ein Stier auf goldenem Grund ist das Familienwappen der Borgia; das C unten im Teppich war die Initiale Cesare Borgias.«

Valentine wanderte nicht mehr umher. Er blieb stehen und sah Smith mit vorgeneigtem Kopf an.

»Ich bin weder verrückt, noch leide ich an Größenwahn«, sagte er ruhig. »Aber ich bin der letzte direkte Nachkomme des berühmten Cesare Borgia, Herzogs von Valentinois.«

Smith sprach lange Zeit nicht, denn er hatte genug, um darüber nachzudenken. Während seiner Studienzeit in Oxford hatte er sich mit der Renaissance beschäftigt und kannte die Geschichte der Borgias sehr gut. In seinem damaligen Zimmer hing ein alter Stich an der Wand mit der Inschrift: »Caesare Borgia von Frankreich, Herzog von Valentinois, Graf von Diois und Issaudun, päpstlicher Vicar von Imola und Forli.« Und als er jetzt Cäsar ansah, erkannte er dieselben Züge in dessen Gesicht.

Valentine freute sich über die Überraschung, die er dem anderen bereitet hatte. »Nun?« fragte er schließlich.

»Es ist merkwürdig«, erklärte Smith. »Von welchem Zweig der Familie stammen Sie denn ab?«

»Von Girolamo«, antwortete Cäsar schnell. »Er war der einzige Sohn Cesares. Nach dem Tod seines großen Vaters wurde er nach Frankreich und von dort nach Spanien gebracht, wo ihn ein Kardinal erzog. Er heiratete; sein Sohn ging nach Südamerika und focht für die Spanier in Peru. Die Familie ließ sich dann für zweihundert Jahre in Amerika nieder. Erst mein Großvater kam als Junge nach England, und auch ich wurde dort erzogen.«

Die beiden standen einander gegenüber: der Abkömmling Papst Alexanders VI. und der Abenteurer, den dieser sich als Meuchelmörder gedungen hatte.

In Cäsars Gesicht zeigte sich ein Ausdruck der Genugtuung.

Schon früher hatte er Männern und auch Frauen gegenüber seine Abstammung enthüllt, aber ihnen hatte das Wort Borgia nichts bedeutet; sie ahnten nichts von der einstigen Macht und Größe dieses Geschlechtes.

Smith aber wußte es zu schätzen und zu würdigen, und darüber freute sich Cäsar.

Madonna Beatrice eilte plötzlich in den Salon, ohne anzuklopfen. Cäsar ging sofort zu ihr, als er ihr Gesicht sah, und die beiden unterhielten sich leise miteinander. In Cäsars Zügen zeigte sich Überraschung, dann sah er unschlüssig auf Smith.

»Sie soll hereinkommen«, sagte er schließlich.

Smith hatte alles gehört und war in größter Spannung. Sollte er die geheimnisvolle Frau sehen, die er während der Nacht im Garten beobachtet hatte? Oder handelte es sich um eine Geliebte dieses letzten Borgia?

Madonna Beatrice kam wieder ins Zimmer, und eine große, schlanke junge Dame folgte ihr. Sie war so schön, daß Smith fast der Atem stockte.

Sie sah von Cäsar zu ihm herüber und wieder zu Cäsar. Dann ging sie zu ihm und berührte seine Wange leicht mit den Lippen.

In Valentines Gesicht spiegelte sich Genugtuung, aber auch ein wenig Ärger. Plötzlich wandte er sich um und zeigte mit der Hand auf seinen neuen Freund.

»Stephanie, darf ich dir Mr. Smith vorstellen? Dies ist meine Tochter, Smith.«

Seine Tochter! Tre-Bong war erstaunt und überrascht, aber er faßte sich schnell und reichte ihr die Hand, die sie etwas zögernd nahm. Sie streifte ihn mit einem seltsamen Blick und wandte sich dann ab.

»Wann bist du nach Paris gekommen?« fragte Cäsar.

»Heute abend«, erwiderte sie.

Smith war sprachlos über diese Lüge, denn er hatte in ihr die junge Dame in Schwarz erkannt, die in der vergangenen Nacht die Szene am Quai des Fleurs beobachtet hatte. Ihr Blick hatte ihm verraten, daß sie Zeugin des Vorfalls gewesen war.

6

Smith hatte einen leichten Schlaf, aber er hörte trotzdem nicht, daß Cäsar Valentine um vier Uhr morgens in sein Zimmer kam. Erst als ihn jemand an der Schulter packte, wandte er sich um und hörte Cäsar lachen.

»Sie können sich nicht so weit herumdrehen, daß Sie die Pistole unter dem Kissen erreichen. Es wäre auch zu schade, wenn ich durch so einen Zufall ums Leben kommen sollte.«

Smith setzte sich auf und rieb sich die Augen.

»Was ist denn passiert?«

»Nichts Besonderes. Ich habe Ihnen nur Ihre Kleider gebracht.« Cäsar selbst war im Schlafrock. »Ich hoffe, sie passen Ihnen. – Den dicken Mantel habe ich gestern in Paris gekauft. Den werden Sie gut brauchen können.«

»Warum wecken Sie mich denn?« fragte Smith gähnend, als er aufstand.

»Ein Freund von mir geht nach London, ein junger Pilot, der öfter zwischen Frankreich und England hin und her fliegt. Er ist so liebenswürdig, Sie in seinem Flugzeug mitzunehmen. Einen Paß habe ich für Sie besorgt, Sie finden ihn in der Tasche Ihres Mantels.«

»Nach London geht es also? Was soll ich denn dort tun?«

»Auf mich warten«, erwiderte Cäsar. »Außerdem ...«

Sein scharfes Ohr hörte Schritte auf dem Korridor. Er ging hinaus und kam mit einem Tablett zurück, auf dem das Frühstück stand.

»Madonna Beatrice hat für Sie gesorgt. Was Sie in London tun sollen? Das will ich Ihnen sagen. Ich hatte eigentlich die Absicht, es Ihnen gestern schon mitzuteilen. Aber die unerwartete Ankunft meiner Tochter machte das unmöglich.«

»Ich wußte nicht, daß Sie eine Tochter haben. Sie sehen nicht alt genug aus für so große Kinder.«

»Da haben Sie recht«, gab Cäsar zu, sprach aber nicht weiter darüber. »In London ... Haben Sie übrigens Grund, nicht nach London zu gehen?«

»Nein, durchaus nicht. In England stehe ich noch nicht in den – Akten.«

Cäsar ging mit einer leichten Handbewegung über den Punkt hinweg.

»Sie werden im Bilton-Hotel wohnen. In Ihrer Manteltasche finden Sie auch ein kleines Notizbuch. Darin steht die Adresse, unter der Sie sich mit mir in Verbindung setzen können. Aber wir werden uns nur treffen, wenn es unbedingt notwendig ist. Ihre Aufgabe besteht darin, den Geheimagent Nummer Sechs zu finden.«

»Nummer Sechs?« Smith starrte ihn erstaunt an.

»Scotland Yard ist ein großes Amt, und ich habe allen Respekt vor den Leuten, die dort tätig sind.« Er setzte sich aufs Bett, während sein Gast zu frühstücken begann. »Aus irgendeinem Grund sind sie auf mich aufmerksam geworden und verdächtigen mich. Ich war lange in England, habe viel Geld dort ausgegeben, und Scotland Yard weiß nicht genau, wie ich in den Besitz dieser Mittel gekommen bin. Außerdem haben sich ein oder zwei unglückliche Zufälle ereignet.«

Smith fragte nicht näher nach diesen unglücklichen Zufällen, und Cäsar gab keine weitere Erklärung.

»Ich gehöre zu den Menschen«, fuhr er fort, »die gern rasch Bescheid wissen, selbst wenn es sich um das Schlimmste handeln sollte. Ich bin unruhig, wenn ich nicht weiß, was meine Gegner vorhaben, und ich gebe große Summen aus, um zu erfahren, welche Schwierigkeiten mich erwarten. Lange Zeit habe ich einen Beamten bezahlt, der in der Registratur von Scotland Yard tätig war, und vor ungefähr einem Jahr erhielt ich die Nachricht, daß der Leiter der Kriminalabteilung einen besonderen Agenten ausgeschickt hat, um mich zu überwachen.«

Smith pfiff leise vor sich hin.

»Hm«, meinte er. »Und das ist wahrscheinlich Nummer Sechs?«

Cäsar nickte.

»In Scotland Yard hält man mich für eine zweifelhafte Existenz, und es ist bezeichnend, daß der Agent, den man ausgeschickt hat, kein gewöhnlicher Beamter der Polizei ist, sondern irgendein Feind von mir, jemand, der mich aus persönlichen Gründen haßt.« Er zuckte die Schultern. »Es gibt natürlich eine Reihe von Leuten, die mir nicht gewogen sind, darunter ist vor allem ein gewisser Welland. Sie finden seine Adresse auch in dem Notizbuch. In letzter Zeit habe ich den Mann nicht getroffen, aber vor zwanzig Jahren war ich mit seiner Frau bekannt.« Er machte eine Pause. »Ich glaube, sie war glücklicher mit mir als mit ihm – das heißt, für einige Zeit.«

Smith gähnte.

»Wenn Sie mir Ihre Liebesgeschichten erzählen wollen, dann verschonen Sie mich lieber.«

»Unglücklicherweise starb sie, und sein Kind, das sie mitbrachte, starb auch. Bedauerliches Schicksal.« Cäsar stützte das Kinn in die Hand und schaute eine Weile, in Gedanken versunken, auf den Teppich. Plötzlich sah er wieder auf. »Welland ist irgendwie im Regierungsdienst beschäftigt. Einem Freund hat er gesagt, daß er mich umbringen will. Aber deshalb mache ich mir natürlich keine großen Sorgen. Vielleicht ist er Nummer Sechs. Sie sind ja begabt genug, das herauszubringen.«

»Haben Sie sonst noch jemand in Verdacht?«

»Ja, die Verwandten eines gewissen Mr. Gale«, erwiderte Cäsar nachdenklich. »Ich hatte geschäftlich mit ihm zu tun. Unsere Unternehmungen schlugen fehl, und der Mann beging Selbstmord. Tragische Geschichte.«

Smith nickte wieder. Er hatte von Mr. Gale gehört.

»Ich erinnere mich an den Fall; allerdings wußte ich nicht, daß Sie auch darin verwickelt waren. Gale war doch Bankdirektor? Nach seinem Tod fehlte eine Summe von hunderttausend Pfund bei der Bank?«

»Ja. Ein unglücklicher Zufall. Man wußte, daß ich geschäftlich mit ihm zu tun hatte, und seine Frau machte mir eine heftige Szene. Es war sehr peinlich. Sie klagte mich an ...« Er zuckte die Schultern. »Bald darauf starb sie.«

»Eines natürlichen Todes?« fragte Smith brutal.

Cäsar lächelte und legte ihm die Hand auf die Schulter.

»Sie sind ein Mann nach meinem Herzen. Sie gefallen mir.«

Kurz darauf verließ er das Zimmer, um sich anzuziehen. Er mußte Smith zu dem Privatflugplatz bringen, wo sein Freund wartete. Er brachte die Maschine so rechtzeitig nach Croydon, daß Smith zum zweitenmal frühstücken konnte. Im Grund freute er sich darüber, daß er wieder in England war.

Obwohl er keine Sentimentalität kannte, hatte es ihn doch ein wenig geschmerzt, daß er Stephanie nicht mehr zu sehen bekam. Trotz der kurzen Begegnung hatte sich ihm ihr Bild unauslöschlich eingeprägt.

Cäsars Tochter! Er lachte ironisch. Eine Borgia, und viel schöner als ihre Vorfahrin, die berühmte Lucretia!

Er nahm sich zusammen, schaltete Stephanie aus seinen Gedanken aus und konzentrierte sich auf den Auftrag, den ihm Cäsar gegeben hatte. Zu seiner Bestürzung mußte er feststellen, daß das Bilton-Hotel nicht nur elegant, sondern für seine Zwecke auch gefährlich war. Es lag in der Cork-Street und wurde von vermögenden Leuten besucht, die ihrem Vergnügen nachgingen. Deshalb war es sehr wahrscheinlich, daß er dort mit Leuten zusammenkam, die er früher in Paris und Rom getroffen hatte, als er noch in solchen Kreisen verkehrte.

Bei seiner Ankunft erfuhr er, daß nicht nur ein Zimmer für ihn bestellt war, sondern daß Cäsar auch den Geschäftsführer genau informiert hatte, welchen Raum er dem neuen Gast geben sollte.

»Ich kann leider Ihr Gepäck noch nicht auf Nr. 41 bringen lassen, weil der Herr, der dort wohnt, erst heute nachmittag abreist.«

Der Geschäftsführer nahm Smith beiseite und sagte leise:

»Hoffentlich nehmen Sie es mir nicht übel, wenn ich eine persönliche Frage an Sie richte? Sie – Sie ...« Er suchte nach dem richtigen Wort.

»Nun?« fragte Smith interessiert.

»Sie – schnarchen doch nicht etwa? Entschuldigen Sie!«

»Nein, nicht daß ich wüßte«, erwiderte Smith belustigt.

»Ich habe Sie nur gefragt, weil Mr. Ross in der Beziehung sehr empfindlich ist und seit dreißig Jahren schon in unserem Hotel verkehrt. Er schläft in dem Zimmer neben Ihnen.«

»Wer ist denn Mr. Ross?«

Der Geschäftsführer war offensichtlich erstaunt, daß es einen Menschen in London gab, der Mr. Ross nicht kannte, und erklärte ihm, daß es sich um einen amerikanischen Multimillionär und exzentrischen Junggesellen handelte. Smith schloß aus der Schilderung, daß dieser Herr nicht gerade sehr liebenswürdig und umgänglich war. Mr. Ross brachte fast den ganzen Tag im Reform-Klub zu, und obwohl er seit dreißig Jahren in England lebte, hatte er doch keine Freunde. Im Bilton-Hotel bewohnte er Zimmer Nr. 40.

»Ein Millionär ohne Freunde ist allerdings eine Seltenheit«, meinte Smith und versprach, nicht zu schnarchen.

Da er von Cäsar reichlich mit Geld versehen worden war, machte er zunächst einen Besuch bei einem Schneider in der Bond Street und bestellte sich mehrere Anzüge. Dann schlenderte er den Strand entlang.

Am Trafalgar Square traf er unglücklicherweise den Mann, den er am wenigsten zu sehen wünschte. Er bemerkte ihn schon aus einiger Entfernung, aber er war klug genug, ihm nicht aus dem Weg zu gehen.

Hallett von Scotland Yard war auch nicht zu verkennen mit seiner gesunden Gesichtsfarbe, seinen weißen Haaren und seinem grauen Schnurrbart. Smith ging an ihm vorüber, aber Hallett blieb stehen.

»Hallo!« sagte er in väterlichem Ton. »Wieder in London, Mr. Tre-Bong Smith?«

»Wie Sie sehen«, entgegnete der andere vergnügt.

»Ich habe tolle Geschichten von Ihnen gehört. Mord, Raub und andere böse Dinge.« Er zwinkerte mit den Augen, und wenn Hallett das tat, bedeutete es selten etwas Gutes. »Seien Sie bloß vorsichtig, mein Freund, sonst geht es Ihnen hier schlecht. Ich warne Sie.«

»Fabelhaft liebenswürdig von Ihnen. Aber wenn es mir schlecht gehen sollte, geht es anderen auch an den Kragen. Im übrigen – nehmen Sie es mir nicht übel – lasse ich mich nicht gern mit Ihnen sehen. Man kommt dadurch zu leicht in schlechten Ruf.«

Hallett lachte grimmig und ging weiter.

7

Smith setzte seinen Weg fort. Er wunderte sich darüber, daß er für Cäsar bei bestimmten Adressen Nachforschungen anstellen sollte. Diese Arbeit hätte jedes Detektivbüro ebensogut übernehmen können. Aber es gab auch noch andere Dinge, die Mr. Smith nicht verstand.

Er wandte sich zur John Street Nr. 104. Hier sollte nach den Angaben im Notizbuch Mr. Welland wohnen.

Smith betrachtete das altmodische Haus zunächst von der gegenüberliegenden Straßenseite, dann klingelte er bei dem Hausmeister.

Ein alter Mann zwischen sechzig und siebzig öffnete die Tür. Er war freundlich und mitteilsam; im Knopfloch trug er die Bänder einiger Medaillen aus den afrikanischen Feldzügen.

»Sie wollen Mr. Welland sprechen?« fragte er erstaunt. »Aber der wohnt doch schon längst nicht mehr hier. Seit etwa zwanzig Jahren ist er fortgezogen. Das ist aber merkwürdig, daß Sie nach ihm fragen!« –

»Warum ist es denn so merkwürdig?«

Der Alte – er hieß Cummins – zögerte einen Augenblick, dann bat er Mr. Smith, hereinzukommen, und führte ihn in seine Wohnung, die im untersten Stock lag.

»Haben Sie Mr. Welland gekannt?« fragte Smith, als er Platz genommen hatte.

»Und ob!« entgegnete Mr. Cummins fast verächtlich und vorwurfsvoll. »Ich kenne ihn ebensogut wie meine eigene Hand. Ein netter, liebenswürdiger Herr. Er bewohnte die drei oberen Stockwerke.« Er schüttelte den Kopf. »Es war wirklich zu traurig, zu traurig.«

»Ich kenne nicht die ganze Geschichte«, erwiderte Smith.

Von Cäsar hatte er zwar verschiedenes über Welland erfahren, aber er traute ihm nicht. Man konnte sich nicht auf ihn verlassen. Cäsar hatte ihn in Dienst genommen und nützte ihn aus. Damit hatte Smith auch gerechnet. Aber er wollte, soweit es anging, auch

Cäsar ausnützen. Und dieser war natürlich klug genug, um das zu wissen.

Mr. Cummins erzählte gern.

»Ach, Sie kennen nicht die ganze Geschichte? Nun, alles weiß ich eigentlich auch nicht. Aber was mir bekannt ist, sage ich Ihnen gern. Mr. Welland wohnte schon in diesem Haus, bevor er heiratete. Nach seiner Hochzeitsreise kam er wieder zurück, und später wurde ihm hier auch eine Tochter geboren. Er war sehr glücklich, aber seine Frau schien sich nicht mit ihm zu verstehen. Sie hatte viele Wünsche, wollte dauernd neue Kleider und Schmuckstücke haben. Mr. Welland, dessen Hauptinteresse künstlerischen Dingen galt, war das gar nicht recht.

Acht Monate nach der Geburt des kleinen Mädchens brachte Mr. Welland einen Herrn zum Essen mit. Ich weiß es genau, weil ich damals bei Tisch bediente. Es war ein sehr hübscher junger Mann – seinen Namen habe ich im Augenblick vergessen.«

»Hieß er vielleicht Valentine?«

»Ja, ganz recht! Wie gesagt, ein wirklich eleganter junger Mann, aber ein niederträchtiger Charakter. Er hatte viel Geld, ein Auto und ein großes Haus am Belgrave Square. Mir fiel es schon immer auf, daß er zu Besuch kam, wenn Mr. Welland ausgegangen war. Manchmal kam er allerdings auch, wenn er den Hausherrn antraf, aber nur sehr selten. Eines Tages hatte Mr. Welland dann eine furchtbare Auseinandersetzung mit seiner Frau wegen eines Ringes, den Valentine ihr geschenkt hatte, und als er am Nachmittag zurückkam, war sie fort und hatte ihr Kind mitgenommen. Sie war mit Valentine nach den Vereinigten Staaten gefahren. Man hat kaum wieder etwas von ihr gehört. Mr. Welland nahm sich die Sache sehr zu Herzen. Zuerst fürchteten wir, daß er den Verstand verlieren würde. Er kam zu mir in die Wohnung und sagte: ›Cummins, früher oder später stirbt dieser Kerl unter meinen Händen‹.«

»Was ist denn aus Mrs. Welland geworden?« fragte Smith.

Cummins schüttelte den Kopf.

»Die ist gestorben. Ich habe zufällig vor zwei Jahren davon gehört. Sie und ihr Kind starben am gelben Fieber, wenn ich mich nicht sehr irre. Aber es ist merkwürdig, daß Sie gerade jetzt hierherkommen und sich nach Mr. Welland erkundigen.« Der Hausmeister stand auf und ging zu einer Kommode. »Ich habe heute morgen eine Schublade aufgeräumt, und da fand ich dieses Bild. Das schenkte er mir an seinem Hochzeitstag.«

Smith sah das Gesicht eines gebildeten Mannes. Besonders fielen ihm die hohe Stirn, die lange, gerade Nase, das feste Kinn und der energische Gesichtsausdruck auf.

»Können Sie mir das Bild leihen, damit ich einen Abzug davon machen lassen kann?«

Cummins sah unschlüssig drein.

»Ich möchte mich eigentlich nicht davon trennen. Sehen Sie, hier steht eine Widmung. Aber ich mache Ihnen einen anderen Vorschlag. Wenn Sie dafür bezahlen wollen, lasse ich beim Fotografen eine Aufnahme davon machen.«

»Damit bin ich einverstanden«, sagte Smith und reichte ihm eine Pfundnote, um das Geschäft abzuschließen.

Verwundert verließ er dann die John Street. Welche Absicht mochte Cäsar nur verfolgen, wenn er ihn in ein Haus schickte, das Welland schon längst verlassen hatte? Sicher hatte der Mann doch durch Detektive erfahren, daß Welland nicht mehr in der John Street wohnte.

Als Smith zum Hotel zurückkam, erwartete er eine Mitteilung. Cäsar hatte ihm noch gesagt, daß er Paris mit dem Mittagszug verlassen und am Abend in London eintreffen würde.

Aber es war weder ein Brief noch ein Telegramm von ihm angekommen.

Smith ging auf sein Zimmer, das jetzt von seinem Vorgänger geräumt war, setzte sich in einen Sessel und überdachte seine Lage. Er war in die Dienste eines der gefährlichsten Leute getreten, die es überhaupt auf der Welt gab, und weil er einen Polizisten in die Seine geworfen hatte, mußte er jetzt praktisch Detektivarbeit leisten!

Smith war neugierig, welche Schurkereien Cäsar von ihm verlangen würde. In Paris wäre er gern noch geblieben, um Näheres über die gefesselte Frau auszukundschaften. Er selbst hatte schon viel durchgemacht, aber der Anblick dieser Frau hatte ihn erschüttert. Zweifellos war sie Cäsars Gefangene, und die Stimme, die im Dunkeln kommandiert hatte, war die Madonna Beatrices. Was hatte diese Frau wohl getan, und warum behielt Cäsar sie bei sich? Sonst kam es ihm doch nicht darauf an, seine Feinde auf dem schnellsten Weg beiseitezuschaffen.

Wenn Cäsar zu ihm gekommen wäre und gesagt hätte: »Ermorden Sie diese Frau – ich habe nicht den Mut dazu«, so hätte er das verstanden. Aber er hätte den Befehl keineswegs kaltblütig ausgeführt, denn er tötete keine Frauen.

Smith folgte einem plötzlichen Impuls, ging zum Britischen Museum, setzte sich dort in die Bibliothek und frischte seine Kenntnisse über die Familie Borgia wieder auf.

Er ließ sich eine kleine Monographie über Alexander VI. und die Borgias geben, die ein amerikanischer Professor geschrieben hatte. Nach zwei Stunden hatte er das Buch von Anfang bis zu Ende durchgelesen.

Nach seiner Ansicht gehörten Zufälligkeiten zwar zum normalen Leben, aber er fand es doch seltsam, daß ein anderer Herr dasselbe Buch verlangte, während er eifrig darin las. Er erfuhr das, als er es zurückgab.

»Ich freue mich, daß Sie es nicht länger behalten haben«, sagte der Beamte und atmete auf. Nachdem er eine Notiz gemacht hatte, brachte er das Buch einem alten Herrn, der auf einem Stuhl in der Nähe wartete. In den alten, faltigen Händen hielt der Mann einen Schirm. Er wandte Smith sein hartes, zerfurchtes Gesicht zu und schaute ihn vorwurfsvoll an. Dann nahm er das Buch und ging zu einem der Lesetische.

»Man sollte nicht glauben, daß ein Mann mit einem Millionenvermögen sich hierhersetzt und auf ein Buch wartet, das er im Laden für ein paar Schillinge kaufen kann«, meinte der Beamte, als er zurückkam.

»Millionenvermögen?« wiederholte Smith verwundert und betrachtete den Alten genauer.

»Das ist doch Mr. Ross! Haben Sie noch nichts von ihm gehört? Er ist äußerst sparsam und geizig. Der würde lieber zehn Meilen weit laufen, als einen Schilling ausgeben.«

Smith lachte.

»Ich weiß noch etwas anderes von ihm. Er kann es nicht leiden, wenn andere Leute schnarchen.«

Smith betrachtete den alten Herrn sehr genau, bevor er die Bibliothek verließ. Der Mann mußte etwa siebzig Jahre alt sein. Auch fiel Smith die schäbige Kleidung des Millionärs auf.

Er kehrte zum Hotel zurück, aß zu Abend und hatte eigentlich die Absicht, ins Theater zu gehen. Aber als er in die Halle trat, reichte ihm der Portier einen Brief. Die Adresse war mit Maschine geschrieben.

Er öffnete den Umschlag.

›Beobachten Sie Ross, seine Rechtsanwälte sind Baker und Sepley, 129, Great James Street. Wenn er dorthin geht oder die Leute zu sich kommen läßt, muß er sofort erledigt werden.‹

In der rechten unteren Ecke stand: »Quais Fleurs.« Das sollte zugleich eine Mahnung und ein Erkennungszeichen sein. Auch die Mitteilung war mit Maschine geschrieben.

Das war also Cäsars Absicht! Deshalb hatte er ihn nach London geschickt und Zimmer 41 für ihn belegt.

Er steckte den Brief in die Tasche und grinste.

Zu schnell hatte sich der großzügige Cäsar ihm gegenüber in einen Tyrannen verwandelt. Smith hatte sich entweder mit der Rolle eines gedungenen Mörders abzufinden, dem bald die Londoner Polizei auf den Fersen sein würde, oder Cäsar zeigte ihn wegen eines gewissen Vorfalls in Frankreich an. Nun, auf jeden Fall ging aus dem Schreiben hervor, daß sich Cäsar in London aufhielt. Und das war eine große Neuigkeit.

8

Smith saß in der Halle des Hotels, las eine Abendzeitung und beobachtete unauffällig Mr. Ross, der aus dem Speisesaal kam und mit dem Fahrstuhl zum zweiten Stock hinauffuhr. Nach einiger Zeit folgte er ihm, ging in sein eigenes Zimmer und wartete, bis er das Knipsen des Lichtschalters hörte. Das war für ihn das Zeichen, daß sich Mr. Ross zurückgezogen hatte und daher an diesem Abend nicht mehr mit seinen Rechtsanwälten zusammenkommen würde. Smith verließ nun das Hotel und besuchte ein Theater, um sich zu zerstreuen.

Um halb zwölf kam er zurück. Ein Mann, der das Gebäude beobachtete, sah ihn und gab dem anderen Beamten ein Zeichen, der Smith den ganzen Abend gefolgt war. Die beiden verglichen ihre Aufzeichnungen. Vielleicht wußte Smith, daß er überwacht wurde, vielleicht auch nicht. Nach Halletts Warnung mußte er mit dieser Maßnahme eigentlich rechnen. Er ging auf sein Zimmer und legte sich sofort zu Bett. Als er sich gerade ausziehen wollte, hörte er ein leises Geräusch. Es war ihm, als ob die Tür im nächsten Zimmer geschlossen worden wäre. Er drehte das Licht aus, ging zur Tür und öffnete sie vorsichtig. Aber obgleich er ziemlich lange lauschte, konnte er nichts hören.

Zimmer Nr. 40, das Mr. Ross bewohnte, bestand eigentlich aus drei zusammengezogenen Räumen: einem Schlafzimmer, einem Bad und einem Wohnzimmer. An der Korridortür des Wohnzimmers stand: Nummer 40a. Smith trat in den langen Gang hinaus, ging leise zu Nummer 40 und lauschte. Er konnte aber nicht den geringsten Laut hören. Dann schlich er zu der Tür von Nummer 40a, horchte angestrengt und vernahm nach einiger Zeit Stimmengemurmel.

Er ging bis zum Ende des Korridors, um zu sehen, ob Angestellte in der Nähe wären. Aber in dem vornehmen Bilton-Hotel verkehrten meist nur ältere Ehepaare, die frühzeitig schlafen gingen. Smith schlich wieder zurück und versuchte, die Tür von Nummer 40 zu öffnen. Zu seinem Erstaunen gab sie nach, und er trat ein. Er sagte sich, daß er seine Anwesenheit leicht erklären könnte, falls man ihn überraschte. Er war ein Neuling im Hotel und hatte sich eben in der Zimmernummer geirrt.

Ein Lichtschein auf dem Boden verriet ihm die Stelle, wo sich die Verbindungstür befand. Kühn schaltete er für eine Sekunde das Licht ein und entdeckte, daß das Zimmer leer und das Bett unberührt war, wie er erwartet hatte. Geräuschlos drehte er den Schalter wieder ab, schlich auf Zehenspitzen durch das Zimmer und lauschte an der Tür zu dem zweiten Raum. Zwei Leute sprachen dort miteinander. Die eine Stimme klang rauh und hart, die andere leise und sanft – die Stimme einer Frau. Und diese Stimme kam ihm bekannt vor, obwohl er kaum ein Wort verstehen konnte.

Er bückte sich und schaute durch das Schlüsselloch, konnte aber nur die Lehne eines Sessels sehen. Wieder lauschte er angestrengt und hörte nun einige Worte, die Ross mit erhobener Stimme sprach.

»Wenn sie tatsächlich auf dieser Erde leben, dann werden wir sie auch finden. Es ist doch merkwürdig, daß ich getäuscht worden sein soll ...«

Dann drückte plötzlich höchst unerwartet eine Hand die Türklinke nieder, und Smith eilte davon. Er stand draußen auf dem Gang, ehe jemand das Schlafzimmer betreten haben konnte. Es blieb ihm keine Zeit, die Tür zu schließen. Deshalb ließ er sie angelehnt und schlüpfte in sein eigenes Zimmer zurück.

Geduldig wartete er hinter der Tür und lauschte, aber er hörte kein Geräusch. Nach fünf Minuten wagte er es, die Tür wieder zu öffnen. Nahezu eine halbe Stunde stand er im Dunkeln, dann kamen die beiden heraus. Er hörte, wie der Mann sagte:»Gute Nacht, mein Liebling« und die Frau küßte. Behutsam machte er die Tür etwas weiter auf. Draußen im Korridor brannten alle Lichter, so daß ein Irrtum vollkommen ausgeschlossen war.

Die Gestalt, die gleich darauf an seiner Tür vorbeikam, war nicht eine Dame, wie er erwartet hatte, sondern Ross selbst! Der alte Mann war also ausgegangen und hatte die Frau in seinem Zimmer zurückgelassen. Smith war sekundenlang so verwirrt und bestürzt, daß er sich nicht rühren konnte. Dann nahm er hastig seinen Hut und eilte den Korridor entlang, um den alten Mann einzuholen. Aber als er an der Treppe ankam, fuhr der Fahrstuhl bereits nach unten, und als er die Stufen hinunterraste, kam er gerade noch rechtzeitig, um zu sehen, wie Mr. Ross durch die Schwingtür hinausging. Draußen wartete ein Auto auf den Millionär. Er stieg ein, und der Wagen fuhr sofort ab.

Smith rief ein vorüberfahrendes Taxi an.

»Folgen Sie dem Wagen«, sagte er schnell.

Der Chauffeur hatte keine Schwierigkeiten, den Auftrag auszuführen, denn die Straßen waren leer. Die Fahrt ging die Regent Street hinauf zum Portland Place.

Dort hielt das Auto vor einem großen Haus. Der alte Herr stieg aus und schloß die Tür auf. Smith merkte sich die Nummer – 409. Von seinem eigenen Auto aus beobachtete er, daß der Wagen, in dem Mr. Ross gekommen war, nicht abfuhr. Er stieg aus, bezahlte den Chauffeur, trat in einen dunklen Hausflur und wartete.

Nach einer halben Stunde öffnete sich die Tür von Nr. 409, und eine junge Dame in langem, schwarzem Mantel kam heraus.

Smith schlüpfte aus seinem Versteck und eilte auf sie zu.

Sie ging schnell zu dem Wagen, aber im Licht einer Straßenlampe konnte er ihr Gesicht deutlich sehen. Es war Stephanie – Cäsars Tochter!

»Was ist mit dem alten Mr. Ross geschehen?« fragte sich Smith verwirrt, als er zum Hotel zurückkehrte. Aber er mußte sich zur Ruhe legen, ohne dieses Rätsel gelöst zu haben.

Am nächsten Morgen schickte ihm Cäsar in seinem befehlshaberischen Ton eine neue Nachricht, daß er ihn im Green-Park treffen sollte.

Es war ein heller, sonniger Tag, und Cäsar trug einen eleganten weißgrauen Anzug. Er winkte Smith, neben ihm auf einem Gartenstuhl Platz zu nehmen.

»Ich hatte eigentlich nicht die Absicht, Sie hierherkommen zu lassen, aber es ist verschiedenes passiert, und deshalb hielt ich es für ratsam, mit Ihnen zu sprechen. Ich wollte Ihnen sagen, wie Sie sich im Notfall mit mir in Verbindung setzen können.«

»Ich weiß, wie ich mit Ihnen in Verbindung kommen kann, ob es sich um einen Notfall handeln mag oder nicht«, erwiderte Smith ruhig. »Die Adresse ist Portland Place 409.«

Cäsar sah in scharf an.

»Woher wissen Sie das? Mein Name ist in keinem Adreßbuch zu finden.«

»Ich weiß es eben«, erklärte Smith leichthin.

»Sie sind mir gefolgt! Ich bin gestern abend ausgewesen«, sagte Cäsar vorwurfsvoll.

Smith lachte.

»Ich gebe Ihnen mein Wort, daß ich Ihnen niemals gefolgt bin. Ich wüßte auch gar nicht, wie ich Mr. Ross und Sie zu gleicher Zeit beobachten könnte.«

»Aber wie haben Sie es erfahren?«

»Lassen Sie mir doch auch meine kleinen Geheimnisse.«

»Sie sind mir also doch gefolgt«, entgegnete Cäsar und nickte. Dann sprach er nicht mehr über diesen Punkt. »Was halten Sie eigentlich von Ross?«

»Ein würdiger alter Herr. Er gefällt mir.«

Er erwähnte nicht, daß er gesehen hatte, wie Mr. Ross Cäsars Haustür öffnete. Das hatte noch Zeit.

»Sein Vermögen wird auf zehn bis zwanzig Millionen Pfund geschätzt«, sagte Valentine ernst. »Er hat keine Erben, und er hat auch kein Testament gemacht. Wenn er stirbt, fällt sein Eigentum an den Staat.«

Smith sah ihn erstaunt an.

»Woher wissen Sie denn das?«

»Das weiß ich eben. Es ist mein Geheimnis.«

Beide schwiegen eine Weile.

»Männer und Frauen arbeiten von morgens bis abends im Schweiß ihres Angesichts jahrein und jahraus«, fuhr Cäsar dann fort. »Und sie sind froh, wenn sie gerade soviel verdienen, daß sie leben und weiterarbeiten können. Ich strenge mich nicht an, weil ich genug Verstand besitze, und weil ich das menschliche Leben nicht unter demselben Gesichtswinkel betrachte wie die gewöhnlichen Leute. Das tun Sie auch nicht. Nun stellen Sie sich einmal vor, daß Mr. Ross ein paar Zeilen auf einen Bogen schriebe, seine Unterschrift darunter setzte und diese von einem Zimmermädchen und dem Kammerdiener beglaubigen ließe. Durch diese Zeilen könnten wir reiche Leute werden ...«

»Sie meinen, wenn Mr. Ross ein Testament zu unseren Gunsten machte und dann das Zeitliche segnete?«

»Sie sind immer so direkt und geradezu«, entgegnete Cäsar und lachte leise. »Aber haben Sie nicht schon einmal darüber nachgedacht, wie leicht man Eigentum übertragen kann, wenn eine der beiden Parteien stirbt? Wenn wir beide in die Bank von England einbrechen wollten, hätten wir auch nach jahrelangen Vorbereitungen nicht die mindeste Aussicht auf Erfolg. Aber aller Wahrscheinlichkeit nach würden wir gefaßt werden.«

Smith nickte.

»Und auch wenn wir einen kleinen Scheck fälschten, zum Beispiel auf den Namen von Mr. Ross, kämen wir nicht weit. Es wäre viel Arbeit damit verbunden, wir müßten viele tüchtige Leute täuschen, und schließlich würde es uns doch nicht ganz gelingen.«

»Das ist mir vollkommen klar.«

»Also ist es doch viel einfacher«, bemerkte Cäsar, »daß wir Mr. Ross dazu bringen, ein kurzes Testament zu schreiben.«

»Meiner Meinung nach wird das sehr schwer sein. Sie können eher seinen vorzeitigen Tod arrangieren, als ihn veranlassen, ein solches Dokument zu unterzeichnen.«

Cäsars Augen glänzten.

»Augenblicklich habe ich allerdings die Absicht, ihn daran zu hindern, ein solches Testament zugunsten von irgend jemand aufzustellen. Ich habe sogar den Wunsch, daß Mr. Ross stirbt, ohne sein Vermögen einer bestimmten Person zu vermachen.«

Smith sah ihn erstaunt an.

»Meinen Sie das wirklich? Sie sagten doch vorhin, daß sein Vermögen in diesem Fall in den Besitz des Staates übergeht?«

»Wenn er keine Erben hat. Vergessen Sie das nicht.«

»Aber hat er denn Erben? Er ist doch Junggeselle ...«

»Nein, er ist Witwer. Er hatte ein Kind, das ihn verließ und später starb. Wenn dieses Kind noch lebte, würde er wahrscheinlich sein ganzes Vermögen einem Hundeasyl vermachen oder irgendeine andere Dummheit begehen.«

Langsam begriff Smith die Zusammenhänge.

»Wie alt würde seine Tochter sein, wenn sie noch lebte?«

»Siebenundvierzig«, erwiderte Cäsar schnell. »Drei Jahre jünger als ich.«

Cäsar war also fünfzig. Es gab Tage, an denen er so alt aussah, aber an diesem Morgen hätte man ihn für nicht älter als fünfunddreißig gehalten.

»Ja, siebenundvierzig würde sie jetzt sein. Sie lief von zu Hause weg, als sie etwas über zwanzig war, und heiratete einen umherziehenden Musiker. Der alte Mann machte daraufhin ein Testament, in dem er sein Vermögen einem Waisenhaus hinterlassen wollte. Seine Tochter enterbte er vollständig. Als er dann hörte, daß sie gestorben war, vernichtete er das Testament und hatte wohl die Absicht, ein neues anzufertigen. Sie sehen, ich bin über das Privatleben von Mr. Ross sehr gut informiert.«

»Und wenn sie nun nicht gestorben ist?«

Cäsar drehte sich hastig nach ihm um.

»Zum Teufel, was soll das heißen?«

Zum erstenmal sah Smith Bestürzung in den Zügen dieses Mannes.

»Und wenn sie nun nicht tot ist?« wiederholte er.

»In dem Fall würde sie das Vermögen erben – wenn er stirbt.«

»Würden Sie die Frau dann in der Öffentlichkeit zeigen?«

Cäsar schwieg.

»Würden Sie die Frau vor einem englischen Gericht auftreten lassen, so daß sie den Leuten von ihrer jahrelangen Gefangenschaft in einem abgelegenen französischen Schloß erzählen könnte ...? Wie sie nur nachts draußen umhergehen durfte und außerdem noch an Händen und Füßen mit Ketten gefesselt war?«

Cäsars Gesicht sah plötzlich eingefallen und müde aus, aber Smith fuhr erbarmungslos fort, denn er war entschlossen, Cäsar zum Aufdecken seiner Karten zu zwingen.

»Sie haben mir eben gesagt, daß die Tochter von Mr. Ross einen umherziehenden Musiker heiratete. Das halte ich für nicht ganz richtig. Meiner Meinung nach heiratete sie einen Mann, der wahrscheinlich ein hochbegabter Amateur war, die Musik aber nicht als Beruf ausübte. Wenn ich nicht sehr irre, hieß dieser Mann Welland.«

Cäsar sank mehr und mehr in sich zusammen, und Smith hatte momentan die Oberhand.

»Sie entdeckten ihre Verwandtschaft mit Ross und überredeten sie, mit Ihnen ins Ausland zu gehen und darauf zu warten, daß Welland sich von ihr scheiden lassen würde – aber das tat er nicht. Dann wurde die Frau unruhig, vielleicht ist ihr Kind gestorben. Aber jedenfalls blieb sie am Leben.«

Cäsar hatte sich wieder gefaßt; ein zynisches Lächeln spielte jetzt um seinen Mund.

»Sie sind tatsächlich ein erstaunlicher Kerl«, sagte er spöttisch. »Sie haben mir beinahe die ganze Wahrheit gesagt. Das Kind starb, und in der Zwischenzeit wurde Stephanie geboren. Es ist meine Absicht, Stephanie als die Erbin der Ross'schen Millionen zu präsentieren. Jetzt wissen Sie alles. Sicher haben Sie viel von dem, was Sie mir erzählten, nur vermutet. Sie sind viel schlauer und gerissener, als ich dachte. Hier können Sie ein großes Vermögen erwerben, wenn Sie mit mir zusammenarbeiten. Im anderen Fall ...«

»Bringen Sie mich schnell und schmerzlos um die Ecke?« entgegnete Smith lachend. »Sehen Sie sich aber vor, daß mein Dolchmesser nicht schneller ist als Ihre Gifte.«

Er sah auf den Boden und entdeckte einen Brief.

»Haben Sie das fallen lassen?« fragte er, bückte sich und nahm das Kuvert auf. »Ihre Adresse steht darauf.«

Cäsar schüttelte den Kopf.

»Ich habe es nicht fallen lassen.« Er las die Anschrift: »Cäsar Valentine.«

Der Brief war mit Siegellack verschlossen. Cäsar riß ihn auf und runzelte die Stirn. Smith war nicht sicher, ob sich der Mann fürchtete; aber jedenfalls war Valentine aufs neue aus der Fassung gebracht.

»Woher mag der Brief nur gekommen sein?« fragte Cäsar schnell und sah sich um. Aber es war niemand in der Nähe zu entdecken.

Es waren nur ein paar Zeilen in großen Druckbuchstaben auf ein Blatt Papier geschrieben:

»Cäsar, auch Sie sind nur ein Mensch und müssen einmal sterben. Denken Sie daran.«

Die Unterschrift lautete: »Nummer Sechs.«

Smith las die Worte, aber Cäsar riß ihm das Papier aus der Hand, zerknitterte es und warf es mit einem Fluch fort.

»Wenn ich diesen Welland treffe, bevor er mich findet, dann kostet es ihn den Hals!«

»Nun, wir werden Welland wohl zuerst finden«, erwiderte Smith zuversichtlich und lachte.

9

Große Verbrecher darf man wie große Helden nicht aus unmittelbarer Nähe betrachten. Smith entdeckte Fehler an Cäsar Valentine, die er niemals vermutet hätte. Der Mann war unheimlich eitel; auf der anderen Seite reichten seine Fähigkeiten aber auch an Genialität heran. Allerdings besaß er mehr Veranlagung zum Diplomaten als zum Feldherrn. In dieser Beziehung glich er seinem berühmten Vorfahren, der größere Erfolge durch Bestechung als durch Waffengewalt erzielt hatte.

Cäsar ließ Smith am Nachmittag wieder zu sich kommen, und zwar in sein Haus am Portland Place. Ein Diener führte den jungen Mann in die Bibliothek, wo Valentine bereits ungeduldig auf ihn wartete.

»Welland muß unter allen Umständen gefunden werden!« Mit diesen Worten begrüßte Cäsar seinen Komplicen. »Ich habe die Angelegenheit Privatdetektiven übergeben. Die Leute sollen keine Ausgabe scheuen, um vorwärtszukommen. Ich bin fest davon überzeugt, daß der Mann noch lebt, denn er wurde von einem meiner Agenten vor zwei Jahren in York gesehen.«

»Verdammt, warum haben Sie mich denn dann mit den gleichen Nachforschungen beauftragt?« fragte Smith ungeduldig. »Warum mußte ich denn zu dem Haus in der John Street gehen?«

»Es bestand doch die Möglichkeit, daß er sich mit dem dortigen Hausmeister in Verbindung gesetzt hatte. Es gibt zwei Leute, die hinter dem Geheimagenten Nummer Sechs stecken könnten. Der eine ist der Sohn des Bankdirektors Gale –«

»Der ist in Argentinien«, unterbrach ihn Smith. »Er hat dort eine Farm.«

»Wie haben Sie das herausgebracht?«

»Das war nicht allzu schwer. Die Beamten der Bank, die Sie beraubt haben –«

»Die ich beraubt habe?« fragte Cäsar schnell.

»Nun, die irgend jemand beraubt hat«, entgegnete Smith mit einer gleichgültigen Handbewegung. »Es kommt jetzt nicht darauf an, wer es getan hat. Auf jeden Fall stehen die Beamten mit dem jungen Gale in Verbindung. Anscheinend will er alles Geld, das die Bank verloren hat, zurückzahlen. Den können Sie also ruhig ausschalten.«

»Dann muß es Welland sein. Meine Informationen von Scotland Yard sind über alle Zweifel erhaben. Der Mann, der sich selbst Nummer Sechs nennt –«

»Es kann ebensogut eine Frau sein.«

»Keine Frau würde das wagen. Es bleibt nur übrig, daß es Welland ist. Es ist ein Amateur, der sich mit dem Chef von Scotland Yard in Verbindung gesetzt und ihn überredet hat, ihm den Auftrag zu geben. Bedenken Sie doch, daß man hier in England nichts gegen mich hat. Beweisen können sie nichts, und sie wissen auch nichts Genaues über ein Verbrechen, das ich begangen haben könnte. Sie haben nur einen Verdacht und fühlen sich unbehaglich, wenn mein Name genannt wird. Das ist alles.«

Smith stimmte ihm bei. Es hatte im Augenblick keinen Zweck, ihm zu widersprechen.

»Gehen Sie jetzt zum Hotel zurück und beobachten Sie diesen Mr. Ross«, sagte Cäsar unvermittelt. »Ich werde Welland auf mich nehmen. Hat er Besuch gehabt?«

»Ross? Nein.«

Smith konnte ebensogut lügen wie Cäsar Valentine, der ihn vollständig in der Hand zu haben glaubte. Er liebte das Leben ebensosehr wie andere Menschen, und er wußte, wie gefährlich es war, Valentine zu hintergehen. Der rätselhafte Besuch des Millionärs im Haus Portland Place Nr. 409 während Cäsars Abwesenheit mußte doch aufgeklärt werden.

»Was hätten Sie eigentlich angefangen, wenn Sie mich nicht getroffen hätten?« fragte Smith plötzlich. »Der unglückliche Ernest hätte Ihnen doch bei der Durchführung Ihrer Pläne hier in London nicht helfen können.«

»Der hat seinen Zweck erfüllt«, entgegnete Valentine kühl, »Er hat gewisse Aufgaben gehabt, die wichtig genug waren, aber er hatte natürlich nicht den nötigen Verstand. Der arme Kerl!«

Cäsar Valentine heuchelte diesmal nicht, davon war Smith überzeugt. Sicher tat es diesem Mann aufrichtig leid, daß er diesen aufsässigen Diener hatte beseitigen müssen, dessen skrupelloser, grausamer Charakter ihm irgendwie verwandt gewesen war.

Die Beobachtung von Mr. Ross war etwas langweilig. Smith hätte sich lieber intensiver beschäftigt. Er hielt mit seiner Meinung auch nicht zurück, als er Cäsar am nächsten Morgen traf.

»Es tut mir leid, daß ich Sie nicht jeden Tag einen Mord begehen lassen kann«, erwiderte Cäsar ironisch. »Überwachen Sie ruhig Mr. Ross.«

»Er bringt die meiste Zeit im Reform-Klub zu und liest langweilige Magazine«, beklagte sich Smith. »Es wird wirklich zu blöde.«

»Sie setzen die Beobachtungen fort«, erklärte Cäsar entschieden.

Am selben Abend telefonierte er aufgeregt mit Smith.

»Er ist gefunden worden!«

»Wer?«

»Welland – ich gehe jetzt zu ihm.« Smith glaubte ein leises Zittern in Cäsars Stimme zu hören. »Die Detektive haben seine Spur in Manchester gefunden und ihn nach London verfolgt. Er wohnt in einem Vorort.«

»Ach so!« Smith wußte im Augenblick nicht, was er sonst sagen sollte. »Und dort wollen Sie ihn aufsuchen?«

Aber Cäsar hatte den Hörer bereits aufgelegt. Er war wie immer impulsiv.

Am nächsten Tag hatte Smith bei der Rückkehr ins Hotel ein unangenehmes Erlebnis.

Zwölf Monate lang hatte er sich in den Verbrecherkreisen von Paris einen gewissen Namen gemacht. Aber es war ihm doch sehr peinlich, zu entdecken, daß seine eigenen Koffer und seine Schreibmappe von anderen erbrochen und durchsucht worden waren. Nur ein Amateur und Anfänger würde das Schloß aus einer neuen Ledermappe herausschneiden. Es tat ihm leid um das gute Stück, das er erst am Tag vorher gekauft hatte. Als er in sein Zimmer trat, lagen die Schriftstücke auf dem Boden verstreut. Nur ein in solchen Dingen unerfahrener Mann konnte Kleider durchwühlen, ohne sie wieder sorgfältig zusammenzulegen und in den Schrank zu hängen.

Smith ließ den Geschäftsführer kommen und zeigte ihm die Unordnung. Dieser entschuldigte sich bestürzt. Weder er noch einer der anderen Angestellten hatten einen Fremden ins Hotel kommen sehen. Die einzige, die nicht im Hotel wohnte, war die junge Dame, die Mr. Ross öfter besuchte. Aber sie war so vornehm, daß sie eigentlich unmöglich als Täterin in Frage kommen konnte.

Als sie erwähnt wurde, beruhigte sich Mr. Smith etwas. Er hatte schon gefürchtet, daß ein Beamter von Scotland Yard ihm einen Besuch abgestattet hätte. Besonders fürchtete er verhältnismäßig junge Beamte, die erst kurze Zeit im Dienst und manchmal übereifrig waren. Nur sehr ungern hätte sich Smith bei Mr. Hallett über einen seiner Leute beschwert.

Aber schließlich sagte er sich, daß ein Polizeibeamter niemals so systemlos vorgegangen wäre. Nur ein Amateur konnte diese Verwüstung angerichtet haben. Als er auch noch einen Blutfleck auf dem Löschblatt entdeckte, zweifelte er nicht mehr daran.

10

Smith fuhr mit einem Taxi nach Portland Place Nr. 409. Mr. Valentine war nicht zu Hause, wie ihm der Diener mitteilte, und wollte auch erst spät am Abend wiederkommen. Smith ließ sich daher bei der jungen Dame melden, die zugegen war, und gab dem Mann eine Karte mit der Aufschrift »Lord Henry Jones«.

Er wurde ins Wohnzimmer geführt. Kurz darauf erschien Stephanie mit seiner Karte in der Hand. Sie blieb an der Tür stehen, als sie ihn sah. Smith verstand es, mit Frauen umzugehen, aber die Gegenwart dieses jungen Mädchens machte ihn befangen.

»Ach, Sie sind es!« rief sie.

»Ja.« Er war verlegen wie ein Schuljunge. »Ich wollte Sie in einer wichtigen Angelegenheit sprechen.« Zufällig sah er auf ihre Hand und bemerkte einen Verband an einem Finger. Nun lachte er und gewann seine Haltung wieder.

»Mein Vater ist ausgegangen«, erklärte sie abweisend, »und ich fürchte, daß ich nichts für Sie tun kann.«

»O doch, Sie können mir sogar sehr viel helfen, Miss Valentine«, entgegnete er kühl. »Zum Beispiel können Sie mir einige Informationen geben.«

»Worüber?«

»Zunächst einmal über Ihren Finger. Haben Sie sich sehr verletzt?«

»Wie meinen Sie das?« fragte sie schnell.

»Als Sie heute morgen meine Ledermappe aufschnitten, ist Ihnen wohl das Messer oder die Schere ausgeglitten; ich habe einen Tropfen Ihres kostbaren Bluts auf meiner Schreibunterlage gefunden.«

Sie wurde dunkelrot und sehr verlegen, war aber klug genug, nichts darauf zu erwidern.

»Wollen Sie mir keinen Stuhl anbieten?« fragte er.

Sie wies mit der Hand auf einen Sessel.

»Was hofften Sie denn in meiner Mappe zu finden? Etwa Beweise für meine Verbrechertätigkeit?«

»Die habe ich bereits. Sie vergessen anscheinend, daß ich in jener Nacht am Quai des Fleurs war.«

Sie sagte nicht, welche Nacht sie meinte, aber er brauchte sie um keine weitere Erklärung zu bitten. Smith wunderte sich über ihre außerordentliche Ruhe und Gelassenheit. Sie zitterte nicht, und doch mußte das, was sie gesehen hatte, für sie ein schreckliches Verbrechen bedeuten. Und nun sprach sie ganz nebenbei von »jener Nacht«, als ob sie selbst Mittäterin statt Zuschauerin gewesen wäre.

»Ja, ich erinnere mich. Merkwürdig, daß ich dergleichen nicht vergesse.«

Seine Ironie machte keinen Eindruck auf sie.

»Darf ich Ihnen eine Tasse Tee anbieten, Mr. Smith?«

Er nickte zustimmend.

Sie klingelte, ging dann zu ihrem Stuhl zurück und schaute ihn lächelnd an.

»Sie halten mich also für eine Einbrecherin, Mr. Smith?«

»Nein, so würde ich es nicht bezeichnen. Aber ich dachte, Ihr Vater hätte Sie vielleicht gebeten, in mein Zimmer zu gehen ...« Er brach ab, weil ihm die rechten Worte fehlten.

»Ja, wir sind merkwürdige Leute«, sagte sie unvermittelt. »Mein Vater, Sie und auch ich.«

»Und Mr. Ross«, fügte er leise hinzu.

Sie sah ihn einen Augenblick bestürzt an.

»Gewiß«, entgegnete sie dann schnell. »Auch Mr. Ross. Mr. Valentine hat Sie doch im nächsten Zimmer einquartiert, damit Sie ihn überwachen sollen?«

Ihre Worte brachten ihn aufs neue in Verwirrung, aber er wußte seit langem, daß der Angriff die beste Verteidigung ist.

»Ich halte es eigentlich für unnötig, Mr. Ross im Auftrag Ihres Vaters zu beobachten«, erwiderte er etwas von oben herab, »besonders wenn er es hier in seiner Wohnung ebensogut tun kann wie ich.«

»Wie meinen Sie das?«

»Nun, Mr. Ross kommt doch zu Besuch hierher«, entgegnete er unschuldig.

»Mr. Ross?«

Sie schaute ihn scharf an, und plötzlich schien sie zu verstehen. Nur einen Augenblick gelang es ihr, sich zu beherrschen, dann lehnte sie sich im Stuhl zurück und lachte.

»Fabelhaft!« sagte sie. »Mr. Ross in diesem Haus! Haben Sie ihn denn kommen sehen?«

»Ja«, antwortete Smith kühl.

»Haben Sie auch beobachtet, wie er wieder fortging?«

»Nein.«

»Solange hätten Sie aber warten sollen«, meinte sie mit erkünsteltem Ernst. »Sie hätten doch aufpassen müssen, bis er wieder herauskam. Dann hätten Sie ihn zum Hotel begleiten und ins Bett bringen müssen. Dazu sind Sie doch angestellt?«

Smith fühlte sich unbehaglich. Er wußte nicht, ob sie zornig war, oder ob sie nur Spaß machte.

»Sie haben also gesehen, wie Mr. Ross hierherkam«, sagte sie nach einer Weile. »Haben Sie das meinem Vater erzählt?«

»Nein.«

Ihre Unterhaltung wurde unterbrochen, denn ein Diener rollte den Teewagen herein. Als er wieder gegangen war und sie eingegossen hatte, lehnte sie sich zurück. Sie hielt den Blick zu Boden gesenkt, als ob sie über ein Problem nachdächte.

»Mr. Smith, Sie halten mich wahrscheinlich für entsetzlich schlecht, weil ich so leichtfertig über die schreckliche Szene am Quai des Fleurs spreche. Aber ich habe Grund dazu.«

»Ich glaube diesen Grund zu kennen«, entgegnete er ruhig.

»Wirklich? Eigentlich sollte ich mich vor Ihnen hüten und nach der Polizei rufen, wenn Sie in meine Nähe kommen. Sie sind wirklich ein schlimmer Verbrecher, nicht wahr?«

Smith grinste verlegen. Von allen Menschen glückte es ihr allein, ihn ständig in Verwirrung zu bringen.

»Ja, vielleicht haben Sie recht, obwohl ich –«

»In England noch nicht in den Akten geführt werde – ich weiß.« Er starrte sie betroffen, an. Woher kannte sie diese Redewendung, die er selbst gebraucht hatte?

»Ich bin ein merkwürdiges junges Mädchen, weil ich ein merkwürdiges Leben hinter mir habe. Meine Jugend verbrachte ich in einer kleinen Stadt in New Jersey ...«

»Seltsam!« erwiderte Smith, während er den Tee umrührte.

»Werden Sie bitte nicht ironisch«, entgegnete sie lächelnd. »Ich war sehr, sehr glücklich in Amerika, obwohl ich keine Eltern zu haben schien. Nur mein Vater kam gelegentlich, und er ist wie soll ich sagen – ziemlich kühl und unnahbar.«

Smith nickte.

»Ich hätte lange Zeit in New Jersey bleiben können, vielleicht mein ganzes Leben, denn ich liebe die Gegend. Aber –« sie zögerte einen Augenblick – »ich machte eine schreckliche Entdeckung.«

»Und was war das?« fragte er interessiert.

»Das will ich Ihnen nicht sagen, wenigstens im Augenblick noch nicht.«

Seine Neugierde war in hohem Maße erregt.

»Vielleicht könnten Sie mir und auch sich selbst sehr viel helfen, wenn Sie es mir sagten.«

Sie sah ihn unschlüssig an und schüttelte dann den Kopf. »Ich will Ihnen etwas davon erzählen, und ich verlange nicht einmal von Ihnen, daß Sie darüber schweigen. Sicherlich tun Sie das ohne Aufforderung, denn ich kenne ja auch ein Geheimnis von Ihnen.«

»Ich fürchtete schon, Sie würden mich verraten –« begann er, aber sie brachte ihn durch eine Handbewegung zum Schweigen.

»Darüber wollen wir nicht sprechen. An einem der nächsten Tage werden Sie sowieso eine Überraschung erleben.«

»Was haben Sie in New Jersey entdeckt?«

»Nach dem Tod meiner Mutter fuhr mein Vater nach Europa«, entgegnete sie langsam. »Er ließ eine Anzahl von Sachen in der Obhut seines Rechtsanwalts Cramb zurück. Dieser bezahlte meine Auslagen und auch die Kosten des Haushaltes. Als ich später alt genug war, um selbst Geld zu verwalten, erhielt ich jeden Monat eine bestimmte Summe von ihm. Während Mr. Valentine nun in Europa war, starb der alte Herr plötzlich und seine Praxis ging in fremde Hände über. Der neue Inhaber sandte mir eine Kassette zurück, die Mr. Cramb aufbewahrt hatte. Mein Geld erhielt ich von da ab durch eine Bank. Die neuen Rechtsanwälte wollten in dem Büro aufräumen, in dem sich allerhand Akten und andere Dinge angesammelt hatten.

Ich hatte nicht die leiseste Idee, was ich damit machen sollte. Mrs. Temple, die damals den Haushalt führte, redete mir zu, die Sachen als eingeschriebenes Paket an meinen Vater nach Europa zu schicken. Ich suchte aber aus Neugier einen Schlüssel, um die Kassette zu öffnen, und das gelang mir auch. Sie war mit Papieren und Dokumenten gefüllt, die mit Ausnahme von ein paar losen Schriftstücken und Fotografien sorgfältig gebündelt waren. Ich nahm sie heraus und schickte sie meinem Vater. Als ich dann die losen Dokumente durchsah, fand ich eines darunter, das mich veranlaßte, nach Europa zu fahren. Vater hatte mich schon oft darum gebeten, aber ich glaubte nicht, daß er es ernst meinte. Aber nun war mein Entschluß gefaßt.«

»Wie lange ist das denn her?«

»Etwa zwei Jahre.«

»Das erklärt allerdings viel. Und was machen Sie nun hier in England?«

Er erhielt eine Antwort, auf die er nicht gefaßt war.

»Ich modelliere in Wachs. Hat Ihnen das mein Vater nicht erzählt?«

»Sie modellieren?«

»Gewiß. Ich will es Ihnen zeigen, wenn Sie sich dafür interessieren.«

Sie führte ihn zu einem kleinen Raum, der auf der Rückseite des Hauses lag und wie eine Werkstatt ausgestattet war.

Er betrachtete erstaunt die hübschen Plastiken, die zum Teil noch unvollendet waren.

»Sie sind ja eine Künstlerin, Miss Stephanie – Miss Valentine«, verbesserte er sich.

»Sie können ruhig Miss Stephanie sagen«, entgegnete sie mit einem bezaubernden Lächeln. »Halten Sie mich wirklich für eine Künstlerin?«

»Ja, selbstverständlich, wenn ich auch nicht viel von Kunst verstehe.«

»Aber Sie wissen doch vermutlich, was Ihnen gefällt? Nun haben Sie mich enttäuscht, Mr. Smith. Ich dachte, ein Mann von Ihrer Bildung würde etwas Originelleres sagen.«

Sie hatte tatsächlich Talent, das bewiesen ihre Arbeiten. Smith kam aus dem Staunen nicht heraus.

Plötzlich schrak sie leicht zusammen. Smith folgte der Richtung ihres Blicks und sah auch nach dem Schrank, der in einer Ecke stand. Rasch machte sie die Schranktür zu, schloß ab und steckte den Schlüssel in ihre Tasche. Als sie sich umdrehte, glühte ihr Gesicht.

»Was haben Sie denn da zu verstecken?«

Sie sah ihn argwöhnisch an.

»Das Familiengespenst«, versuchte sie zu scherzen. »Aber jetzt wollen wir zu unserem Tee zurückgehen.«

Smith sah ihre Verlegenheit. Was mochte der geheimnisvolle Schrank enthalten? Warum hatte sie gelacht, als er ihr erzählte, daß er Mr. Ross bis zu diesem Haus verfolgt hatte? Sie war wirklich ein merkwürdiges junges Mädchen!

»Das Familiengespenst«, wiederholte sie nach einer Weile unvermittelt. »Wir haben überhaupt viel zu verbergen, Mr. Smith.«

»Das ist wohl in allen Familien so«, entgegnete er etwas lahm.

»Aber bei uns – Borgias ist es ganz besonders schlimm.«

»Borgia? Warum erwähnen Sie diese alte Familie?«

»Wußten Sie denn das nicht? – Aber natürlich wissen Sie es«, erwiderte sie vorwurfsvoll. »Haben Sie noch niemals von dem alten, berühmten Geschlecht der Borgias gehört? Können Sie begreifen, daß mich mein Vater nicht Lucretia genannt hat?«

»O ja, das kann ich begreifen.« Er nickte bedächtig.

»Wie erklären Sie es sich denn?«

»Die Erklärung dafür lag wahrscheinlich in der Kassette, die Sie vor zwei Jahren aufräumten.«

Sie erhob sich und reichte ihm die Hand.

»Ich hoffe, es hat Ihnen hier gefallen. Aber jetzt müssen Sie wohl zum Hotel zurückgehen.«

Smith stand bereits auf der Straße, bevor ihm zum Bewußtsein kam, daß sie ihn fortgeschickt hatte.

11

Ein Wärter weckte John Welland aus einem unruhigen Schlaf. Die Beamten der Anstalt kannten ihn nicht als John Welland, aber der Name, den er sich zugelegt hatte, ist nebensächlich.

»Sechs Uhr«, sagte der Wärter kurz und ging wieder hinaus.

Welland erhob sich und kleidete sich an. Um halb zwölf passierte er das kleine, schwarze Tor und ging die Straße entlang zu einer Haltestelle.

Ein Gefangener, der am gleichen Morgen entlassen worden war und noch mit einigen Bekannten sprach, zeigte mit dem Kopf nach ihm und sagte ein paar Worte, durch die alle anderen auf ihn aufmerksam wurden.

Welland stieg in eine Straßenbahn, fuhr zur City und nahm dort ein Auto. Damit fuhr er eine Strecke zurück, entließ den Wagen, legte ein langes Stück Weg zu Fuß zurück und suchte durch möglichst unerwartete Änderungen der Richtung Leute abzuschütteln, die ihm vielleicht folgten.

Schließlich kam er in eine ruhige Straße und trat in ein kleines Haus. Niemand begrüßte ihn, aber in der Küche brannte der Gasofen, und jemand hatte das Geschirr zurechtgestellt. Er setzte den Wasserkessel auf, stieg dann die steile Treppe zu seinem Schlafzimmer hinauf und zog sich dort um.

Als er sich im Spiegel betrachtete, sah er ein graues, von vielen Furchen durchzogenes Gesicht. Lange vor der Zeit war er gealtert. Mit einem Seufzer stieg er wieder hinunter und goß den Tee auf. Dann setzte er sich vor den Gasofen und stützte die Ellbogen auf die Knie.

Nach einer Weile hörte er, daß die Haustür aufgeschlossen wurde; er sah sich um, als eine gutmütig aussehende alte Frau mit einem Marktkorb hereinkam.

»Guten Morgen«, sagte sie in breitem Dialekt. »Ich wußte, daß Sie heute zurückkommen würden, aber ich dachte nicht, daß Sie so schnell hier wären. Haben Sie sich schon Tee gekocht?«

»Ja, das ist schon erledigt«, entgegnete Welland.

Sie sprach nicht über seine Abwesenheit; daran war sie vermutlich gewöhnt. Während sie den Korb auspackte, plauderte sie ununterbrochen, so daß es ihm mit der Zeit zuviel wurde. Er ging in das kleine Wohnzimmer und schloß die Tür.

Die Frau machte ihre Arbeit, bis sie hörte, daß er Violine spielte. Dann setzte sie sich hin, legte die Hände in den Schoß und lauschte der melancholischen Melodie. Es klang so schwermütig, daß ihr beinahe die Tränen kamen, und sie schüttelte den Kopf.

Gleich darauf kam Welland wieder in die Küche.

»Ach, das war so schön«, sagte sie. »Ich wünschte nur, Sie würden etwas Lustigeres spielen. Man wird sonst zu traurig.«

»Aber das beruhigt mich«, entgegnete er mit einem müden Lächeln.

»Sie sind wirklich ein ausgezeichneter Musiker. Und ich habe das Violinspiel so gern. Haben Sie eigentlich schon einmal öffentlich gespielt?«

Welland nickte, nahm seine kleine Pfeife vom Kamin und stopfte sie aus einem alten Tabaksbeutel.

»Das dachte ich mir doch«, sagte sie triumphierend. »Ich habe meinem Mann heute morgen gesagt –«

»Hoffentlich haben Sie dem nicht zuviel von mir erzählt, Mrs. Beck?«

»Nein, ich bin sehr vorsichtig. Einem jungen Mann, der gestern herkam, habe ich gesagt –«

Welland nahm die Pfeife aus dem Mund und runzelte die Stirn.

»Was war denn das für ein junger Mann?«

»Er wollte wissen, ob Sie zu Hause seien.«

»Hat er meinen Namen genannt?«

»Ja. Das war das Merkwürdige. Er ist der erste, der hierherkam und sich nach Ihnen unter Ihrem richtigen Namen erkundigte.«

»Was haben Sie ihm denn geantwortet?«

»Daß Sie wahrscheinlich morgen wiederkommen würden, vielleicht auch erst nächste Woche, ich wüßte es nicht genau. Sie sind ja auch ziemlich unpünktlich, Mr. Welland. Ich sagte ihm, daß Sie manchmal viele Monate fortbleiben ...«

Welland preßte die Lippen zusammen. Er wußte ja, daß es nutzlos war, dieser Frau Vorwürfe zu machen.

»Es ist gut, Mrs. Beck«, sagte er. »Ich möchte aber nicht, daß Sie über meine Beschäftigung sprechen.«

»Das tue ich niemals, Mr. Welland«, erwiderte sie verletzt. »Ich weiß ja auch gar nichts darüber. Es geht mich schließlich nichts an, was Sie mit Ihrer Zeit machen. Sie können ebensogut ein Einbrecher wie ein Polizeibeamter sein, so oft sind Sie von zu Hause fort.«

Welland antwortete nicht. Als die Frau ihre Arbeit beendet hatte und nach Hause ging, dachte er wieder an den jungen Mann, der ihn besuchen wollte. Er legte die Kette vor die Tür und war fest entschlossen, sich nicht zu melden, wenn jemand kommen sollte.

Bis zum Abend meldete sich auch niemand. Welland saß in seinem Wohnzimmer, hatte die Vorhänge zugezogen und las. Plötzlich wurde an die Tür geklopft. Er legte das Buch hin und lauschte. Das Klopfen wiederholte sich.

Vorsichtig trat er auf den Gang hinaus. Jemand schlug mit einem Spazierstock gegen die Tür.

»Wer ist da?« fragte Welland.

»Lassen Sie mich herein«, erwiderte eine undeutliche Stimme. »Ich möchte mit Ihnen sprechen.«

»Wer sind Sie denn?«

»Lassen Sie mich ein.«

John Welland erkannte jetzt die Stimme; er wurde bleich.

Einen Augenblick glaubte er, daß sich alles um ihn drehte, und er mußte sich an der Wand festhalten, um sich zu stützen. Schließlich faßte er sich wieder, aber seine Hände zitterten noch, als er die Kette abnahm und die Tür öffnete. Draußen war es dunkel; er konnte die große Gestalt nur undeutlich sehen.

»Kommen Sie herein«, sagte er.

»Kennen Sie mich?« fragte der Fremde.

»Ja, Sie sind Cäsar Valentine.« Nur mühsam brachte Welland die Worte über die Lippen.

Er führte Cäsar ins Wohnzimmer. Nur der kleine Tisch trennte sie, während sie einander gegenüberstanden und sich mit feindseligen Blicken maßen.

»Was wollen Sie?«

»Ich möchte Sie in einer wichtigen Angelegenheit sprechen«, sagte Cäsar kühl.

»Wo ist meine Frau?« fragte Welland und atmete schwer.

Cäsar zuckte die breiten Schultern.

»Sie ist tot. Das wissen Sie doch.«

»Und wo ist mein Kind?«

»Warum sprechen Sie über Dinge, die uns beiden doch nur peinlich sind?« entgegnete Cäsar vorwurfsvoll, als ob er selbst der Beleidigte wäre. Er setzte sich, ohne aufgefordert zu sein. »Welland, Sie müssen vernünftig werden. Die Vergangenheit ist tot und erledigt. Warum nähren Sie immer noch Ihren Haß?«

»Der Haß ist das einzige, was mich noch am Leben hält, Valentine, und er wird mich aufrechthalten, bis ich Sie umgebracht habe!«

Cäsar lachte.

»Lassen Sie doch das Theater. Sie wollen mich umbringen? Schön, ich stehe vor Ihnen – warum bringen Sie mich nicht um? Haben Sie denn keinen Revolver oder Dolch? Fürchten Sie sich? Dauernd haben Sie mich bedroht. Jetzt haben Sie die beste Gelegenheit, Ihre Drohung wahrzumachen.«

Cäsar nahm einen Browning aus der Tasche und legte ihn auf den Tisch.

»Hier, nehmen Sie diese Waffe und schießen Sie mich nieder.«

Welland warf einen Blick auf die Pistole, schaute dann wieder zu dem Mann auf, der ihm gegenüberstand, und schüttelte den Kopf.

»Nein, nicht auf diese Weise. Aber wenn die Zeit gekommen ist, werden Sie sterben, und Sie sollen mehr leiden, als ich in all den Jahren gelitten habe.«

Ein längeres Schweigen trat ein, dann sprach Welland weiter.

»Ich freue mich, daß ich Sie wiedergesehen habe«, sagte er halb zu sich selbst. »Sie haben sich nicht geändert. Sie sind noch derselbe, der Sie früher waren, Valentine. Sie sollten eigentlich glücklich sein, denn Ihr ganzes Leben haben Sie sich immer das genommen, was Sie haben wollten. Und ich habe alles verloren!« Er bedeckte das Gesicht mit den Händen, und Cäsar betrachtete ihn neugierig. Schließlich nahm er die Pistole wieder und steckte sie in die Tasche.

»Wenn also die Zeit gekommen ist, werde ich sterben« sagte er höhnisch. »Eben hatten Sie eine gute Chance. Außerdem hatten Sie schon einmal eine Möglichkeit, die ganze Sache zu erledigen. Ich habe Sie doch darum gebeten, sich von Ihrer Frau scheiden zu lassen.«

»Scheiden!« stöhnte Welland.

»Sie hätte dann wieder heiraten und glücklich werden können. Wollen Sie jetzt wenigstens vernünftig sein?«

»Haben Sie mir weiter nichts zu sagen? Dann gehen Sie. Es war eine Genugtuung für mich, Sie wiederzusehen, denn all meine Hoffnungen und Pläne sind dadurch aufs neue belebt worden, Cäsar Valentine. Sie haben mir das Leben zur Hölle gemacht. Ich habe mehr gelitten, als Sie ahnen können, aber der eine Tag wird kommen ...!«

Trotz aller Ruhe und Selbstsicherheit überlief Cäsar ein Schauder. Er war wütend darüber, daß ein anderer Mann ihm Furcht eingeflößt hatte.

»Sie haben Ihre Chance gehabt und nicht ausgenützt, Welland. Das war Ihr Fehler. Nun will ich offen mit Ihnen sprechen. Soviel ich weiß, sind Sie irgendwie im Regierungsdienst tätig. Ich habe Grund zu der Annahme, daß Sie mich ausspionieren sollen. Aber ich sage Ihnen, daß der Mann noch nicht geboren ist, der es mit Cäsar Valentine aufnehmen kann.«

Er schlug mit der Faust auf den Tisch, daß die Lampe tanzte.

»Es war Unsinn, daß ich Sie in Ruhe ließ, daß ich mich nie um Sie kümmerte. Ich hätte das Spiel in der Hand gehabt, wenn ich selbst gehandelt hätte, statt darauf zu warten, daß Sie Ihrer Frau die Freiheit geben.«

Cäsar war um den Tisch herumgegangen und stand nun dicht neben dem Mann, dem er so schweres Unrecht zugefügt hatte. Plötzlich packte er ohne die geringste Warnung Welland an der Kehle. Welland war kein Schwächling, aber Cäsar besaß geradezu übermenschliche Kräfte und schleuderte ihn zu Boden. Welland wehrte sich verzweifelt, aber vergeblich. Cäsar drückte ihm die Arme mit den Knien nieder und würgte ihn.

»Morgen wird man Sie hier aufgehängt finden«, flüsterte er.

In dem Augenblick klopfte es an der Tür, und er sah sich um.

»Sind Sie noch auf, Mr. Welland?« fragte eine Frauenstimme. »Ich habe noch Licht gesehen. Ich bin es – Mrs. Beck.«

Cäsar ließ sein Opfer los und schlich aus dem Zimmer, während sich Welland taumelnd aufrichtete. Er war halb besinnungslos und konnte weder sprechen noch schreien. Valentine ging ins Zimmer zurück und knipste das Licht aus, dann eilte er geräuschlos zur Tür und öffnete.

»Alles finster?« fragte die Frau. »Ich hätte doch darauf schwören können, daß ich Licht sah.«

Cäsar ließ sie im Dunkeln an sich vorübergehen, dann sprang er hinaus und schlug die Tür hinter sich zu.

12

»Sie sehen aus, als ob Sie eine schlechte Nacht gehabt hätten«, sagte Smith.

»Eine schlechte Nacht?« fragte Cäsar zerstreut. »Ich ..., ach ja, ich bin erst spät in die Stadt zurückgekommen.«

»Haben Sie Mr. Weiland aufgesucht?«

Cäsar antwortete nicht.

»Vermutlich waren Sie bei ihm, und ich nehme an, die Unterredung war so unangenehm, daß Sie am liebsten nicht mehr daran denken möchten.«

Cäsar nickte.

»Ich bin neugierig, was Weiland tun wird«, sagte er nach einer Weile. »Wenn ich nicht unterbrochen worden wäre, wüßte ich es jetzt.«

Smith sah ihn scharf an.

»Das klingt ja, als ob Sie ein gefährliches Abenteuer gehabt hätten. Würden Sie nicht so liebenswürdig sein, mir zu erzählen, was sich zwischen Ihnen und diesem interessanten Mr. Weiland abgespielt hat?«

»Ich hätte Sie hinschicken sollen«, erklärte Cäsar düster. »Wir Borgia haben eine gewisse Schwäche, eine krankhafte Sucht nach theatralischen Effekten. Sie hätten wahrscheinlich keinen Fehler gemacht.«

Er berichtete in kurzen Worten, was vorgefallen war.

Smith wurde ernst.

»Unglaublich! Sie sind doch sonst ein Künstler darin, andere Leute aus dem Weg zu schaffen, und nun schweben Sie in Gefahr, jeden Augenblick wegen dieses blödsinnigen Angriffs verhaftet zu werden! Das durfte nicht kommen.«

Cäsar schüttelte den Kopf.

»Er wird mich nicht anzeigen. Der Mann ist fanatisch. Er hofft, mich eines Tages umzubringen – mit weniger gibt er sich nicht zufrieden. Jede andere Lösung lehnt er ab.«

»Besser, er bringt Sie um als mich. Aber ich möchte Ihnen doch den Rat geben, in Zukunft vorsichtiger zu sein. In England können Sie sich derartige Dinge nicht ungestraft leisten. Und sollte Welland tatsächlich Nummer Sechs sein, so kommen Sie in Teufels Küche.«

»Welland ist Nummer Sechs. Die Detektive haben doch Nachforschungen in meinem Auftrag angestellt. Der Mann reist im Land umher und ist oft mehrere Tage von zu Hause fort, manchmal sogar Wochen und Monate. Außerdem noch ein wichtiger Punkt – er besucht die Gefängnisse.«

»Meinen Sie, daß er dort eingesperrt wird?« fragte Smith.

Aber Cäsar war nicht in der Stimmung, zu scherzen.

»Ich habe Ihnen doch gesagt, daß ich sehr gut über alles informiert worden bin, was sich in Scotland Yard ereignete. Als Hallett diesem Agenten Nummer Sechs seine letzten Anweisungen gab, war einer meiner Leute in der Bibliothek, die direkt neben Halletts Büro liegt. Er hatte ein Loch durch die Wand gebohrt, das durch einen Bücherschrank in dem Büro und durch ein Regal in der Bibliothek verdeckt wurde. Wenn der Mann an der betreffenden Stelle einige Bücher herausnahm, konnte er alles hören, was nebenan gesprochen wurde.«

Smith nickte.

»Auf diese Weise ist es also herausgekommen? Das muß allerdings ein sehr tüchtiger Mann gewesen sein. Aber wie verhält sich nun die Sache mit den Gefängnissen?«

»Hallett sagte zu dem Agenten – oder der Agentin –, daß er oder sie freien Zutritt zu allen Gefängnissen haben würde. Das geschah natürlich unter der Voraussetzung, daß ich Freunde oder Verbündete dort hätte.«

»Das war natürlich eine verrückte Idee. Sie sind nicht der Mann, der sich Zuchthausvögel als Komplicen aussucht!«

»Sie habe ich allerdings zu meinem Gehilfen gemacht«, entgegnete Cäsar ein wenig taktlos.

Smith lachte.

»Ich war noch nie im Gefängnis – wenigstens bis jetzt. Sie sind also davon überzeugt, daß Welland Nummer Sechs ist? Und zwar nur deshalb, weil er häufig Gefängnisse aufsucht?«

»Ist nicht gerade er der Mann, der eine solche Aufgabe übernehmen würde? Hallett sagte doch, daß sein Agent ein Amateur wäre. Alles weist auf Welland hin.«

Smith war an diesem Morgen eigentlich nach Portland Place gekommen, um das junge Mädchen zu sehen, und nicht, um mit ihrem Vater zu sprechen.

»Wo ist Welland jetzt?«

»In Lancashire, wie ich ...« Cäsar brach plötzlich ab und starrte auf den Schreibtisch. »Das habe ich vorher nicht gesehen.«

»Was meinen Sie denn?«

Cäsar nahm einen versiegelten Briefumschlag von der Schreibunterlage. Das Kuvert glich genau dem anderen, das er im Green-Park aufgehoben hatte. Er riß es hastig auf und las die mit Maschine geschriebene Mitteilung laut vor:

> »Cäsar, auch Sie sind nur ein gewöhnlich Sterblicher! Denken Sie daran!
> Nummer Sechs.«

Betroffen starrte er auf das Papier, dann sank er schwer in einen Sessel.

Cäsar hatte richtig vermutet: Welland erstattete keine Anzeige, obwohl Mr. Smith es tagelang befürchtete und so nervös wurde, daß er zweimal den Millionär aus dem Auge verlor, den er doch beobachten sollte. Während dieser Zeit passierten zwei Dinge, die ihn beunruhigten.

Zunächst erwähnte Cäsar nebenbei, daß Stephanie auf ein paar Tage nach Schottland gefahren wäre. Er schien sich in ihrer Abwesenheit bedeutend wohler zu fühlen. Zweitens hielt sich Mr. Ross dauernd in seinen Räumen auf und kam nicht zum Vorschein. Infolgedessen konnte man ihn nicht beobachten.

Am Abend des zweiten Tages wurde das Geheimnis um Mr. Ross nur noch dunkler. Smith war schon während des Essens müde gewesen und zog sich frühzeitig zurück. Er lag auf seinem Bett und war schon halb eingeschlafen, als er hörte, daß die Klinke seiner Tür heruntergedrückt wurde. Gleich darauf trat jemand ein und drehte nach kurzem Zögern das Licht an. In der kurzen Sekunde, bevor es wieder ausgeschaltet wurde, erkannte Smith den alten Mr. Ross in seinem Schlafrock. Die Schritte entfernten sich leise, dann wurde die Tür des Millionärs zugeschlagen und von innen abgeschlossen.

Das war an sich merkwürdig genug. Eine erstaunliche Tatsache, daß der Mann, den er bewachen sollte, umgekehrt ihn bewachte. Allem Anschein nach hatte Ross die vermeintliche Abwesenheit seines Beobachters ausnützen und dessen Zimmer durchsuchen wollen. Smith war nun wieder vollkommen wach geworden, ging auf dem Korridor bis zur Tür des Nebenzimmers und dachte darüber nach, welche Ausrede er gebrauchen könnte, um hineinzugehen und seinen Nachbar auszufragen. Er überlegte es sich jedoch anders und ging in die große Halle hinunter. Aber dort erwartete ihn eine große Überraschung, denn vor dem Empfangspult stand Mr. Ross; er hatte einen schweren Mantel an und eine Kappe auf dem Kopf.

Smith starrte dem alten Mann ungläubig nach, als dieser zum Lift ging und zu seinem Stockwerk hinauffuhr.

»Woher kam Mr. Ross jetzt plötzlich?« fragte er.

»Das kann ich Ihnen auch nicht sagen«, entgegnete der Portier. »Ich dachte eigentlich, er wäre in seinem Zimmer. Er ist den ganzen Tag nicht herausgekommen, und ich habe ihn auch nicht fortgehen sehen.«

Smith wartete nachdenklich in der Halle. Er war unschlüssig, was er tun sollte. Kurze Zeit später erschien ein Page und ersuchte ihn, zu Mr. Ross zu kommen.

Er folgte dem Boten und wurde gleich darauf von dem Millionär empfangen. Der alte Herr trug den Schlafrock, in dem er in Smiths Zimmer erschienen war.

»Ich muß mich bei Ihnen entschuldigen«, sagte er brummig. »Nehmen Sie Platz.«

Smith folgte der Aufforderung.

»Ich war sehr unruhig und wanderte im Hotel auf und ab. Als ich vor ungefähr einer halben Stunde in mein Zimmer zurückkehren wollte, passierte mir leider ein Irrtum, und ich geriet in Ihr Zimmer.«

»Und gleich darauf standen Sie in Reisekleidung unten in der Halle!«

Mr. Ross lächelte ein wenig.

»Sie beobachten aber auch alles, Mr. Smith! Was für einen fabelhaften Detektiv hätten Sie abgegeben!«

Meinte er das ironisch? Smith hielt das für wahrscheinlich. Zuerst hatte er sich gewundert, daß der alte Mann nach ihm geschickt hatte, aber als er draußen auf dem Gang leise Schritte hörte, wunderte er sich nicht mehr. Natürlich hatte ihn Mr. Ross in sein Schlafzimmer kommen lassen, damit der Doppelgänger des Millionärs aus dem Nebenraum schlüpfen konnte.

13

Auch im Leben der größten Verbrecher gibt es Augenblicke, in denen sie sich auf sich selbst besinnen und eine gewisse Reue über ihre Taten empfinden. Solche Depressionen können sogar so stark werden, daß sie an die Grenzen des Wahnsinns führen.

Cäsar Valentine machte jedoch eine Ausnahme. Er kannte keine Gewissensbisse und fühlte keine Reue.

Als Smith ihn am Portland Place aufsuchte, entdeckte er, daß auch dieser Mann seine Liebhabereien hatte.

Cäsar saß an dem Tisch in der Bibliothek und polierte etwas. Zwei Marmorschalen standen vor ihm. In der einen lag ein kleiner, runder Gegenstand, den Cäsar von Zeit zu Zeit mit gelbbrauner Politur bestrich und dann heftig rieb.

»Was in aller Welt machen Sie denn da?«

»Nun, für was halten Sie das denn?« fragte Cäsar.

»Es sieht aus wie ein ganz gewöhnlicher Knopf.«

»Das ist es auch«, erklärte Valentine vergnügt. »Sie haben mich niemals im Verdacht gehabt, daß ich ein Knopfmacher wäre?«

Smith schaute genauer hin und entdeckte, daß der andere tatsächlich die Wahrheit gesprochen hatte. Es war ein ganz gewöhnlicher Knopf, allem Anschein nach aus Knochen gedreht. Cäsar nahm ihn aus der Schale heraus, besah ihn von allen Seiten und legte ihn dann auf ein Stück Papier auf dem Kamin.

»Eine neue Fabrikationsmethode«, sagte er leichthin. »Man könnte sogar viel Geld damit verdienen.«

»Sie sind ein ganz verteufelter Kerl«, entgegnete Smith. »Ich weiß wirklich nicht, was ich aus Ihnen machen soll.«

Cäsar lächelte, als er die Schalen und die anderen Gerätschaften in eine Schublade des Schreibtisches räumte.

»Ich kenne jemand, der nicht weiß, was er von Ihnen halten soll!«

»Wer ist denn das?« fragte Smith schnell.

»Ein Detektivsergeant von Scotland Yard namens Steele. Er hat Sie in der letzten Zeit beobachtet – wahrscheinlich ist Ihnen das auch nicht entgangen?«

»Das wußte ich noch nicht.«

Cäsar lachte, als der andere betroffen schien.

»Wenn Sie ins Wohnzimmer gehen und durchs Fenster schauen, können Sie ihn auf der gegenüberliegenden Seite der Straße sehen.«

Smith folgte der Aufforderung und kam gleich darauf zurück.

»Sie haben recht. Das wird vermutlich dieser Steele sein. Ich kannte ihn bisher nicht.«

»Nehmen Sie Platz«, sagte Cäsar. »Ich will Ihnen einen Vorschlag machen.«

»Das ist interessant. Kann man Geld dabei verdienen?«

Cäsar nickte.

»Ja, sogar sehr viel, und genug für Sie und für mich. Ich wünsche, daß Sie Stephanie heiraten.«

Smith schaute ihn verblüfft an.

»Was, ich soll Ihre Tochter Stephanie heiraten?« fragte er ungläubig.

»Ja. Zu diesem Zweck habe ich Sie doch überhaupt in meinen Dienst genommen. Sie glaubten doch nicht, daß ich mit Ihnen nur einen Mörder dingen wollte, um meine kleinen Streitigkeiten zu erledigen?«

Smith schwieg.

»Ich habe Sie lange Zeit in Paris beobachtet. Sie sind der Mann, nach dem ich ein ganzes Jahr lang Ausschau gehalten habe. Sie besitzen Bildung, Sie waren früher ein Gentleman, Sie haben gute Manieren, und zu meinem Erstaunen fand ich, daß Sie Stephanie gut gefallen. Sie sprach sehr anerkennend von Ihnen.«

»Als ihrem zukünftigen Gatten?« fragte Smith trocken.

Cäsar schüttelte den Kopf.

»Nein, darüber habe ich noch nicht mit ihr gesprochen.«

Smiths Herz schlug schnell, und er mußte sich sehr zusammennehmen, um seine Erregung nicht nach außen hin zu verraten. Stephanie! Es war unglaublich und in gewissem Sinn geradezu schrecklich.

»Sie sind doch nicht am Ende schon verheiratet?« fragte Cäsar.

Smith schüttelte den Kopf.

»Das hätte die Sache natürlich sehr kompliziert. Aber unter den gegebenen Umständen ist es eine ziemlich einfache Geschichte.«

Er zog eine Schublade auf, nahm ein Schriftstück heraus und reichte es dem anderen.

»Das ist ein Vertrag zwischen uns beiden. Falls Ihre Frau ein Vermögen erbt, zahlen Sie mir die Hälfte des Anteils aus, der auf Sie entfällt.«

Es kostete Smith große Anstrengung, mit ruhiger Stimme zu antworten.

»Aber nehmen wir einmal an, daß meine Frau nicht damit einverstanden ist?«

»Die Sache wird schon vor Ihrer Hochzeit in Ordnung gebracht werden. Sie unterzeichnet einen Vertrag, in dem sie sich verpflichtet, drei Viertel des Vermögens Ihnen auszuhändigen.«

Smith lachte nervös.

»Sie setzen allerdings ziemlich viel als sicher voraus.«

»Sie können sich darauf verlassen, daß Stephanie zustimmen wird«, erwiderte Cäsar und klingelte.

Wenige Sekunden später erschien ein Diener.

»Bitten Sie Miss Valentine, zu mir in die Bibliothek zu kommen.«

»Was haben Sie denn vor?« fragte Smith aufgeregt, als der Mann verschwunden war. »Sie wollen doch nicht jetzt in meiner Gegenwart ...«

»Warten Sie.«

»Aber ...«

»Warten Sie!« entgegnete Cäsar scharf.

Stephanie kam herein, nickte Smith zu und sah dann fragend auf ihren Vater.

»Stephanie, ich habe eben eine Entscheidung über deine Zukunft getroffen.«

Sie erwiderte nichts darauf, wandte aber den Blick nicht von ihm.

Cäsar lehnte sich in seinem Stuhl zurück.

»Ich habe beschlossen, daß du meinen Freund Mr. Smith heiraten sollst.«

»Ach!« sagte sie erstaunt und verwirrt und schaute dann zu dem betretenen jungen Mann hinüber, der abrupt aufgestanden war und nicht wußte, was er in dieser Situation sagen oder tun sollte.

Er erwartete einen heftigen Ausbruch von ihrer Seite. Zweifellos würde sie sich weigern, diesen Wunsch ihres Vaters zu erfüllen, sie würde in Tränen ausbrechen ...

Aber er täuschte sich. Stephanie war allerdings bleich geworden, aber sie war nur überrascht, nicht entsetzt.

»Ja, Vater«, sagte sie gehorsam.

»Die Hochzeit findet nächste Woche statt«, fuhr Cäsar fort. »Du erhältst eine große Mitgift, und im Fall meines Todes erbst du ein bedeutendes Vermögen.«

»Ja, Vater«, sagte sie wieder.

»Du wirst mit deinem zukünftigen – Gatten –«

Smith wurde immer verlegener.

»– einen Vertrag schließen, wonach du ihm drei Viertel des Geldes, das du von mir oder einem anderen erbst, übergeben wirst.«

Sie warf Smith einen langen, prüfenden Blick zu, dem er nicht standhalten konnte.

»Ist Mr. Smith damit einverstanden?« fragte sie ruhig.

»Ja, du begreifst meine Absicht, Stephanie?«

Sie nickte.

»Ist das alles?«

»Ja, für den Augenblick«, entgegnete Cäsar und entließ sie mit einer liebenswürdigen Geste.

Smith setzte sich wieder, als sie gegangen war. Er war nicht fähig, etwas zu sagen. Cäsar sah ihn neugierig und mit einem zynischen Lächeln an.

»Nun, Mr. Smith? Sie scheinen etwas aus der Fassung geraten zu sein?«

Smith befeuchtete die trockenen Lippen mit der Zunge.

»Wissen Sie auch, was Sie getan haben?«

»Ich glaube schon«, entgegnete Cäsar kühl. »Ich habe Ihnen eine sehr charmante Frau gegeben.«

»Sie haben Ihre Tochter mit einem Mann verlobt ... Sie wissen doch, wer ich bin.«

Er sagte diese Worte so sonderbar, daß Cäsar ihn überrascht und forschend ansah.

»Was ist denn mit Ihnen los? Bekommen Sie plötzlich Gewissensbisse?«

»Nein, um mein Gewissen habe ich mich nie bekümmert«, erwiderte Smith und schüttelte den Kopf. »Wenn es Sie beruhigt, kann ich Ihnen auch versichern, daß ich nicht daran denke, ein neues Leben zu beginnen. Nein, ich bin nur über Ihre Denkungsart erstaunt.«

»Die ist vollkommen normal.«

Ein leises Geräusch ertönte, und Smith sah sich um. In der Nähe des Kamins stand ein kleiner polierter Kasten mit zwei Öffnungen. Hinter einem der beiden Löcher leuchtete ein rotes Licht.

»Was ist denn das?«

»Mein Kontrollapparat«, lächelte Cäsar. »Es sind außer dem Haupttelefon zwei Nebenanschlüsse im Haus, und ich habe den Kontrollapparat anbringen lassen, damit ich weiß, ob jemand mithört, wenn ich telefoniere. Das rote Lämpchen zeigt, daß einer der beiden Nebenanschlüsse benützt wird.«

Er nahm den Hörer vom Apparat, der auf seinem Tisch stand, und bedeckte die Sprechmuschel mit der Hand.

»Es ist sehr wertvoll, zu wissen, worüber die eigenen Dienstboten sprechen«, meinte er und legte den Hörer ans Ohr.

Smith beobachtete ihn und sah, wie sich seine Züge verhärteten. Cäsar sagte kein Wort und blieb reglos sitzen, bis das kleine rote Licht verschwand. Dann legte er den Hörer zurück und stand auf. Was er gehört hatte, mußte ihn in ungewöhnliche Erregung versetzt haben.

»Kommen Sie mit«, sagte er plötzlich und verließ das Zimmer.

Smith folgte ihm.

Beide stiegen die Treppe zum oberen Stockwerk hinauf, wo Cäsar vor einer Tür stehenblieb, Smith näherwinkte und dann eintrat. Allem Anschein nach handelte es sich um Stephanies Zimmer. Smith erkannte das an den Möbeln und an der Ausstattung, noch bevor er das Mädchen selbst sah; sie hatte sich beim Eintritt ihres Vaters erschrocken erhoben.

Cäsars Gesicht war düster und verzerrt.

»Was willst du?« fragte sie.

»Mit wem hast du telefoniert?« entgegnete er schroff.

»Telefoniert?« erwiderte sie bestürzt. »Mit einer Freundin.«

»Das ist nicht wahr. Du hast mit Mr. Ross gesprochen«, fuhr er sie an. »Wann hast du Ross kennengelernt?«

Stephanie schwieg.

»Du hast ihm erzählt, daß du Smith heiraten sollst, und du hast dich für heute nachmittag mit ihm verabredet. Wie bist du überhaupt mit ihm bekannt geworden? Antworte mir!« schrie Cäsar und schüttelte sie heftig an den Schultern.

Smith faßte ihn am Arm und zog ihn sanft zurück.

»Verdammt, hindern Sie mich nicht! Ich werde die Wahrheit aus diesem Mädchen herausbekommen. Was hast du Ross gesagt? Ich bringe dich um, wenn du mir nicht antwortest.«

Stephanie sah flehend zu Smith hinüber, und dieser packte Cäsar fester am Arm.

»Sie gewinnen nichts, wenn Sie ihr drohen.«

»Lassen Sie mich los!« rief Cäsar wild.

Aber Smith griff erstaunlich hart zu, so daß Valentine das Mädchen loslassen mußte. Aber er hatte sich durchaus noch nicht beruhigt.

»Komm mit! Nach oben!« befahl er.

Sie gehorchte, und die beiden folgten ihr. Im obersten Stockwerk schob Cäsar sie in ein Zimmer, das an der Rückseite des Hauses lag.

»Du bleibst so lange hier eingeschlossen, bis du meine Fragen beantwortest«, sagte er, schlug die Tür heftig zu, schloß ab und steckte den Schlüssel in die Tasche. »Smith, Sie warten hier, bis ich zurückkomme. Ich werde mit dieser jungen Dame schon fertig werden!«

»Ich bin doch kein Gefängniswärter«, entgegnete Smith düster.

»Sind Sie ganz verrückt?« brüllte Cäsar. »Sehen Sie denn nicht, daß Ihr Leben auf dem Spiel steht? Wenn sie mit Ross Verbindung aufnimmt und ihm alles sagt, wenn sie weiß ...«

Er starrte finster auf die Tür.

»Warten Sie hier. In einer halben Stunde bin ich zurück.«

Er blieb jedoch nicht so lange fort. Wütend und ärgerlich stürmte er nach einiger Zeit wieder die Treppe herauf. Smith wartete oben auf dem Podest und rauchte eine Zigarette. Die Hände hatte er in die Taschen gesteckt.

»Ich habe es Ihnen ja gesagt – sie hat mich tatsächlich an Ross verraten. Verdammt! Sie weiß es!« keuchte er atemlos.

»Was weiß sie denn?«

»Daß sie Wellands Tochter ist! Sie Dummkopf, haben Sie das nicht schon längst vermutet?«

Smith antwortete nicht.

»Sie ist Wellands Tochter und die Erbin der Ross'schen Millionen! Es kommt nicht darauf an, daß sie noch länger lebt verstehen Sie,

Smith? Wenn diese dumme Person doch den Schnabel gehalten hätte! Wie sie entdeckt hat, daß sie Wellands Tochter ist, kann ich mir allerdings nicht erklären. Wir beide hätten reiche Leute werden können. Aber es ist noch nicht zu spät, wir können das Geld immer noch in unseren Besitz bringen. Sie stecken ebenso tief in der Sache wie ich. Unser Leben steht auf dem Spiel.«

Er sah Smith scharf an.

»Nun, welchen Auftrag haben Sie denn für mich? Wenn ich ihr die Kehle durchschneiden soll, sage ich Ihnen schon jetzt, daß ich das nicht tun werde.«

Cäsar versuchte sich zu fassen.

»Das brauchen Sie nicht zu tun«, sagte er nach einiger Zeit in ruhigerem Ton. »Aber Sie müssen mir helfen – später.«

Er zog einen Schlüssel aus der Tasche, steckte ihn ins Schloß und nahm dann ein silbernes Kästchen aus der Westentasche. »Warten Sie hier.«

»Was wollen Sie tun?« fragte Smith.

Cäsar lächelte seltsam, öffnete die Tür und trat in das Zimmer. Gleich darauf stieß er einen entsetzlichen Fluch aus.

»Sie ist fort!«

»Fort?« fragte Smith erstaunt und trat auch in den Raum.

Das Zimmer war leer, das Fenster geschlossen. Eine zweite Tür existierte nicht, aber Stephanie war verschwunden.

»Sehen Sie dort! Sehen Sie!«

Smith hätte darauf schwören können, daß Cäsars Zähne vor Furcht zusammenschlugen, während er mit zitterndem Finger auf eine Wand zeigte. Dort war ein Briefumschlag angeheftet, auf dem mit Bleistift geschrieben die Worte standen:

»Cäsar, auch Sie sind nur ein sterblicher Mensch!«

Die Zahl »6« grinste Cäsar an der rechten unteren Ecke entgegen.

*

Am nächsten Tag war Cäsar aus London verschwunden. Er hatte ein eiliges Schreiben für seinen Verbündeten zurückgelassen und ordnete darin an, daß Smith bis zu seiner Rückkehr in das Haus am Portland Place ziehen sollte. Smith nahm diese Einladung an, ohne zu zögern, denn er war neugierig. Er bezog Cäsars eigenes Zimmer.

Bis zu einem gewissen Grad war es unangenehm, daß Cäsar alle Dienstboten entlassen hatte, denn Smith hatte verschiedene der Leute während der kurzen Zeit seiner Anwesenheit schätzen gelernt. Vor allem den Butler und einen der Diener, der alles für ihn getan hätte.

»Nur der jungen Dame zuliebe bin ich geblieben«, erklärte der Butler. »Mr. Valentine ist ein Mann, der mir sehr unsympathisch ist. Heute ist er hier, morgen ist er dort, monatelang ist überhaupt niemand im Haus mit Ausnahme von allerhand merkwürdigen Leuten – ich bitte tausendmal um Verzeihung ...«

»Fahren Sie nur fort«, erwiderte Smith. »Ich gebe gern zu, daß ich ein sonderbarer Mensch bin.«

»Die junge Dame aber ist wirklich so liebenswürdig ... Eine Lady in jeder Beziehung. Und die wundervollen Figuren, die sie modelliert!«

»Ja, das stimmt«, Smith nickte.

»Sie hat in Wachs eine Büste von mir gemacht, die war so lebendig im Ausdruck, daß man es kaum für möglich halten sollte. Sie braucht jemand nur ein- oder zweimal anzusehen, dann kann sie ihn schon porträtieren.«

Smith verabschiedete die Leute so schnell als möglich, denn er brannte darauf, Stephanies Werkstatt zu untersuchen. Vor allem mußte er herausbringen, was in dem geheimnisvollen Schrank steckte. Er glaubte allerdings schon zu wissen, was er finden würde. Und als er mit einem Nachschlüssel die Tür aufgeschlossen hatte, setzte er sich nieder und bewunderte aufrichtig die Kunstfertigkeit des jungen Mädchens.

Eine Gesichtsmaske von Mr. Ross hing an einem Haken, daneben eine Maske von Cäsar. Die Züge waren ganz genau getroffen: die feine, gerade Nase, die vollen Lippen und das runde, weichliche Kinn. Dann entdeckte er zu seiner größten Verwirrung eine Maske von sich selbst. Er nahm sie vom Haken und hielt sie vor das Gesicht. Sie war sehr dünn, und die Augenöffnungen waren so geschnitten, daß sie nicht auffielen.

Sie paßte ihm nicht genau, denn sie war für ein kleineres Gesicht gemacht; wahrscheinlich für Stephanie Welland selbst. Lange saß er, um die Lage zu überdenken. Stephanie hatte sich also im Hotel als Mr. Ross verkleidet. Sie hatte auch sein eigenes Zimmer durchsucht und war dann durch den hinteren Dienereingang aus dem Haus geflohen. Das hatte er alles bereits vermutet, aber er hatte es doch kaum für möglich gehalten, daß sie sich so gut verkleiden konnte.

Mr. Ross wußte, daß sie seine Enkelin war. Und nun war er fortgegangen – wohin? Zwei Tage war er verreist gewesen, während Stephanie seine Rolle im Hotel spielte. Smith erinnerte sich daran, daß Cäsar ihm erzählt hatte, sie wäre nach Schottland gefahren. Mit dieser wunderbaren Maske war es ja nicht schwer, das Hotelpersonal zu täuschen. Mr. Ross war unnahbar, und die Angestellten kamen nie in seine Räume, wenn er ihnen nicht klingelte. Nun, ein kleiner Teil des Geheimnisses war jedenfalls aufgeklärt.

Der Kasten, den Stephanie von den Rechtsanwälten in Amerika erhalten hatte, enthielt vermutlich Dokumente über ihre Geburt. Cäsar hatte gelogen, als er sagte, die Tochter Mr. Wellands gestorben. Wahrscheinlich lebte auch Stephanies Mutter noch. Sie mußte die Frau in Ketten sein, die er in Maisons Lafitte gesehen hatte!

Schließlich erhob er sich, wickelte die Wachsmaske in Papier und trug sie in sein Zimmer.

Rein gefühlsmäßig wußte er, daß die Tage Cäsar Valentines gezählt waren. Dann war es auch mit Tre-Bong Smith vorbei. Er zuckte die Schultern bei dem Gedanken.

14

In dem Garten des kleinen Hotels, von dem aus man die schöne Bucht von Babbacombe überschauen konnte, saßen ein alter Herr und eine junge Dame beim Frühstück. Die Rasenflächen des Parks erstreckten sich bis zum Rand der Klippen; hohe Hecken und Rosengebüsche verbargen ihn vor neugierigem Blicken. Mr. Ross las eine Zeitung, während Stephanie auf das Meer hinaussah.

»Liebling«, sagte er schließlich und legte die Zeitung nieder^ »nun ist es schon drei Tage her, und wir haben noch immer keine Nachricht von Monsieur Lecomte.«

Sie streichelte seine Hand.

»Wir müssen Geduld haben. Ich bin fest davon überzeugt, daß Lecomte alles tut, was er kann. Er hat Cäsars Schloß vom Keller bis zum Dachboden durchsucht, und er glaubt bestimmt, daß meine Mutter noch am Leben ist.«

»Aber er hat sie doch nicht gefunden«, erwiderte der alte Herr kopfschüttelnd. »Das ist sehr schlimm. Dieser Cäsar Valentine ist ein Teufel, und ich sage dir –«

»Ein paar Tage vorher war sie aber noch dort. Diese Frau ich meine Madonna Beatrice – hat das doch bei ihrer Verhaftung eingestanden.«

»Hat Cäsar davon gehört?« fragte er schnell.

Stephanie verzog das Gesicht.

»Das kann uns doch gleichgültig sein. Aber bestimmt hat er meine Mutter nach England gebracht.«

»Hätten sie doch nur das Schloß durchsucht, während ich noch in Paris war. Offenbar halten sie Cäsar für einen amerikanischen Bürger. Deshalb wandten sie sich zunächst an das Konsulat der Vereinigten Staaten. Und dieser verdammte Konsul mußte erst wieder nachforschen, ob Cäsar Amerikaner oder Engländer ist. Wer ist denn eigentlich Madonna Beatrice?«

»Eine alte Dienerin der Valentines, soviel ich weiß.«

»Wir werden ihn doch noch fassen!« entgegnete der Alte und nahm seine Zeitung wieder auf.

In diesem Augenblick erschien Smith im Garten. Er trug einen hellgrauen Anzug und ging nachlässig über den Rasen auf die beiden zu. Als Stephanie ihn erblickte, erhob sie sich rasch.

»Aber wie kommt es denn, daß ...«, sagte sie fassungslos.

»Wer ist das?« fragte Mr. Ross scharf. »Mr. Smith?«

»Es tut mir sehr leid, daß ich Sie störe«, erwiderte der junge Mann. »Ich habe nicht die geringste Absicht, Sie durch meine Gesellschaft zu belästigen, aber ich habe direkten Auftrag von meinem Freund Valentine, mich um neun Uhr hier einzufinden. Deshalb bin ich gekommen.«

Ross schaute ihn düster an.

»Es wäre mir lieb, wenn Sie wieder gingen«, sagte er barsch. »Mit Leuten Ihres Schlages will ich nichts zu tun haben.«

Vor dem Eingang zum Hotelgarten hatte inzwischen ein eleganter Wagen angehalten. Stephanie hörte es, ebenso Smith, aber sie legten beide der Sache keine Bedeutung bei. Zweifellos hätten sie das aber getan, wenn sie den Mann und die Frau gesehen hätten, die aus dem Auto stiegen.

»Gehen Sie zu Ihrem Mr. Valentine zurück«, fuhr Ross ärgerlich fort, »und bestellen Sie ihm, daß ich mich weder vor ihm noch vor seinen Meuchelmördern fürchte. Leute mit Ihrer Bildung sollten sich eigentlich nicht dazu herbeilassen, einem solchen Schurken zu dienen. Jeder anständige Mensch muß Sie mehr verachten als die armen Kerle, die in den Gefängnissen sitzen.«

Smith lächelte ironisch.

»Ihre Ansicht über meinen Charakter ist ungeheuer interessant. Ihre Enkelin wird Ihnen wahrscheinlich sagen –«

Er wurde plötzlich unterbrochen, und er allein verstand, was die kommende Szene zu bedeuten hatte. Er holte tief Atem, als eine Frau mit zögernden Schritten auf die Gruppe zukam.

Stephanie betrachtete sie erstaunt, während Mr. Ross immer noch finster zu Smith hinübersah. Die Fremde war eine hagere Frau mit eingefallenem, bleichem Gesicht. Sie streckte merkwürdigerweise die Hand aus, als ob sie halb blind wäre und ihren Weg ertasten müßte, um nicht anzustoßen. Auf ihren weißen Händen waren die blauen Adern deutlich zu sehen. Stephanie schrie plötzlich auf und eilte auf die alte Frau zu, die vor ihr zurückschrak.

»Mutter – Mutter! Kennst du mich denn nicht?« rief sie schluchzend und schloß die Fremde in die Arme ...

Ein Kellner kam mit einem schweren Tablett den engen Gang entlang, der von der Küche durch den Rosengarten zum Rasen führte. Er war erstaunt, als er einen schlanken jungen Mann auf einer Bank sitzen sah, der ihm zuwinkte.

»Könnten Sie mir vielleicht ein Glas Wasser bringen?«

»Gewiß. Ich will nur eben erst den Kaffee zu den Herrschaften dort bringen –«

»Ach, es ist doch schnell geschehen«, erwiderte der Mann schwach, faßte in die Tasche und gab dem Kellner eine Handvoll Silbergeld. »Ich leide an einem Herzanfall. Mein Leben kann davon abhängen, daß Sie mir rasch helfen.«

Der Kellner setzte das Tablett ab, eilte zur Küche zurück und kam sofort mit einem Glas Wasser wieder.

Der Fremde nahm es mit zitternder Hand und trank es aus.

»Ich danke Ihnen«, sagte er dann. »Nun fühle ich mich schon wieder besser.«

Der Kellner brachte nun den Kaffee zu der Gesellschaft auf dem Rasen. Als er zurückkam, war der Herr gegangen.

Smith fühlte sich sehr unbehaglich und überflüssig, aber es blieb ihm nichts anderes übrig, als auszuhalten. Cäsar hätte ihm nicht telegrafiert, daß er hier genau um neun Uhr erscheinen solle, wenn nicht viel auf dem Spiel gestanden hätte. Er war zur Seite getreten und hörte wenig von der Unterhaltung der anderen. Die Frau hatte er sofort wiedererkannt.

Mr. Ross winkte ihm plötzlich, und wenn seine Stimme auch noch nicht freundlich klang, so hatte sie doch den feindseligen Ton verloren.

»Mr. Smith«, fragte er, »haben Sie etwas davon gewußt?«

»Nein. Ich hatte allerdings den Verdacht, daß die Dame in Cäsars Haus in Maisons Lafitte gefangengehalten wurde.«

»Können Sie mir nicht sagen, warum er sie freigelassen und heute morgen hierhergebracht hat?«

Smith schüttelte den Kopf.

»Ich weiß nichts. Ich habe nur Anweisung erhalten, um neun Uhr vormittags hier an dieser Stelle zu sein.«

Es war für ihn ein peinlicher Augenblick, und die Situation erforderte größte Vorsicht. Als er sich eben wieder zurückziehen wollte, winkte ihm die hagere Frau. Sie sah müde von ihrer Tochter zu dem alten Mann und verstand allem Anschein nach nicht, was um sie her vorging.

»Sind Sie Smith?« fragte sie langsam wie jemand, der nicht daran gewöhnt ist, sich mit anderen zu unterhalten. »Er sagte mir, daß Sie mich erwarteten.«

»Wo ist er denn?« entgegnete Smith schnell.

»Er war hier – in dem Wagen.« Sie zeigte in die Richtung, woher sie gekommen war. »Aber ich glaube, er ist wieder gegangen. Er wollte meinen Vater nicht sehen ...«

Smith trat zu der Gruppe zurück, und auf einen Wink von Mr. Ross setzte er sich an den Tisch.

»Ich habe gestern auf dem Dampfer das Schriftstück unterschrieben, wie er es verlangte«, fuhr sie fort. »Und ein Steward hat es auch unterzeichnet.«

»Ein Schriftstück?« fragte Stephanie schnell. »Um was hat es sich denn gehandelt, Mutter?«

Die alte Frau legte die Stirn in Falten.

»Sie nennen mich Mutter?« Sie schaute das Mädchen merkwürdig an. »Früher hatte ich einmal ein kleines Kind.« Ihre Augen füllten sich mit Tränen.

Stephanie nahm ihre Hand und streichelte sie.

»Erzähle doch«, sagte Mr. Ross freundlich. »Sicher hat Mr. Smith nichts dagegen, uns dabei Gesellschaft zu leisten. Stephanie, schenke doch bitte den Kaffee ein. Auch eine Tasse für Mr. Smith.«

»Soviel ich weiß, ist es eine Woche her«, begann jetzt die alte Frau, die sich wieder etwas gefaßt hatte. »Cäsar kam ins Haus und sagte mir, daß er mich zu meinem Vater nach England zurückbringen wollte. Darüber freute ich mich natürlich sehr, denn es war furchtbar einsam auf dem Schloß. Alles war so geheimnisvoll, und manchmal war Cäsar grausam zu mir. Sie fürchteten, ich könnte fliehen, und ließen mich daher nur nachts ins Freie gehen. Auch dann legten sie mir noch Fesseln an Hände und Füße, daß ich kaum laufen konnte. Einmal habe ich versucht, zu entkommen.«

Smith beobachtete sie über den Rand seiner Tasse hinweg, während er einen winzigen Schluck nahm.

Stephanie wollte gerade die Tasse an die Lippen setzen, als Smith sie ihr aus der Hand schlug. Der heiße Kaffee floß über ihr hübsches Kleid, und sie sprang entrüstet auf.

»Entschuldigen Sie«, meinte er kühl. »Es tut mir leid, daß ich die Geschichte unterbrechen mußte, aber der Kaffee schmeckt schlecht.«

»Was meinen Sie?« fragte Ross verwundert.

»Ich habe den Eindruck, daß Cäsar Valentine uns alle auf einen Schlag beseitigen will. Aber ich habe noch keine Lust zu sterben.« Er roch an dem Kaffee und winkte dem Kellner, der gerade wieder auf dem Rasen erschien.

»Schmeckt der Kaffee nicht?« fragte der Mann überrascht. »Er ist doch sonst immer so gut?«

Er hob die Tasse, um zu kosten, aber Smith hinderte ihn daran.

»Wenn Sie nicht in kürzester Zeit ein toter Mann sein wollen, versuchen Sie den Kaffee nicht. Aber sagen Sie mir – haben Sie die Kanne direkt von der Küche hierhergebracht?«

»Jawohl.«

»Ist Ihnen unterwegs nicht jemand begegnet?«

»Nein – ach doch, jetzt besinne ich mich! Da war ein Herr, der fühlte sich sehr elend und bat mich, ihm ein Glas Wasser zu holen.«

»Das haben Sie natürlich getan? Und den Kaffee haben Sie zurückgelassen? Nun verstehe ich den Zusammenhang.«

»Soll ich den Kaffee forttragen?« fragte der Kellner.

»Nein, danke«, erwiderte Smith grimmig. »Lassen Sie ihn hier. Ich möchte mich davon überzeugen, ob Cäsar Valentine mich betrogen hat, aber es ist nicht nötig, daß deswegen Menschen umkommen. Bringen Sie mir eine Flasche – eine alte Whiskyflasche genügt vollkommen. Ich will den Kaffee hineinschütten.«

Es herrschte tiefes Schweigen, als der Kellner verschwunden war.

»Sie meinen doch nicht, daß er einen derartig teuflischen Plan gegen uns alle ausgeheckt hat?« fragte Ross schließlich.

»Ihm ist alles zuzutrauen. Ich bin sicher, daß er uns ermorden wollte, um alle Mitwisser seiner Schandtaten auf einmal loszuwerden.«

15

Cäsar Valentine erhielt einen Brief vom Bilton-Hotel und erkannte zu seinem größten Ärger die Handschrift von Smith. Das war ein
teils bedrohliches, teils beruhigendes Zeichen, denn Smith erwähnte
mit keiner Silbe, was sich am vergangenen Tag in Babbacombe abgespielt hatte.

Cäsar ging also zum Bilton-Hotel und begab sich direkt zu Mr.
Smith. Merkwürdigerweise wohnte dieser in den früheren Räumen
von Mr. Ross, aber Cäsar schien das nicht zu bemerken. Smith saß
in einem hohen Armsessel und rauchte ruhig seine Pfeife.

»Hallo, warum sind Sie hier abgestiegen?« begrüßte ihn Cäsar.
»Ich erwartete Sie im Portland Place.«

»Schließen Sie die Tür, und setzen Sie sich. Ich gehe nicht wieder
in Ihr Haus – ich halte das Hotel für sicherer.«

»Was wollen Sie denn damit sagen?« erkundigte sich Cäsar mit
einem freundlichen Lächeln.

»Damit will ich sagen, daß Sie mich betrogen haben. Es wird das
erste– und letztemal gewesen sein. Ich spreche jetzt mit Ihnen von
Mann zu Mann, und merken Sie sich genau, was ich Ihnen zu sagen
habe. Ich habe mit Ihnen gemeinsame Sache gemacht, weil ich
glaubte, daß wir einander vollkommen offen und ehrlich alles sagen
würden und daß es keine Geheimnisse zwischen uns beiden gäbe.
Sie kennen meine Vergangenheit, und ich kenne die Ihre, und nun
möchte ich sämtliche Tatsachen über eine gewisse Angelegenheit
wissen, bevor ich fortfahre.«

»Und wenn ich mich weigere, Ihnen Angaben darüber zu machen? Wollen Sie mich dann anzeigen?«

»Nein, zur Polizei gehe ich nicht. Andererseits habe ich keine Ur-
sache, die Polizei zu fürchten. Sie können nicht das geringste gegen
mich vorbringen.«

»Mit Ausnahme des Mordes in Paris.«

»Ach, die Geschichte!« Smith zuckte die Schultern. »Paris ist Paris, und London ist London. Cäsar, Sie haben gestern morgen ver-

sucht, mich beiseite zu schaffen. Leugnen Sie es nicht. Ich bin im Bild – ich habe den Kaffee chemisch untersuchen lassen.«

»Chemisch untersuchen lassen?« fragte Cäsar mit erkünsteltem Erstaunen.

»Ach, lassen Sie doch diese Mätzchen und spielen Sie nicht den Unschuldigen«, erwiderte Smith barsch. »Wir wollen uns an die Tatsachen halten. Sie wissen ganz genau, was Sie alles auf dem Kerbholz haben und was Ihnen bevorsteht, und wenn Sie nachdenken, werden Sie auch wissen, wer Ihr gefürchteter Feind ist.«

»Sie meinen Nummer Sechs?« fragte Cäsar scharf. »Es muß entweder Welland sein oder –«

»Oder?«

»Der Sohn von Gale.«

»Erzählen Sie mir einmal alles, was Sie von dem wissen. Das haben Sie bis jetzt noch nicht getan.«

Cäsar dachte einen Augenblick nach.

»Nun, das können Sie ruhig erfahren. Bankdirektor Gale hatte einen Sohn. Vermutlich ging dieser nach Argentinien, wo er wahrscheinlich im Augenblick noch ist. Soviel ich weiß, haben Sie mir das doch selbst erzählt?«

Smith nickte.

»Warum sollten Sie Gales Sohn fürchten?«

Cäsar antwortete auf die Frage nicht.

»Erzählen Sie mir bitte die Wahrheit über diesen Fall. Ich muß unbedingt alles darüber wissen, damit ich die Schwierigkeiten kenne, mit denen ich zu rechnen habe.«

»Gale starb«, entgegnete Cäsar düster.

»Sie beabsichtigten doch seinen Tod?«

»Ja, in gewisser Weise. Ich schuldete ihm viel Geld und mußte ihn ins Unrecht setzen. Hätte er gesprochen, so wäre ich wegen Betruges verhaftet worden. Und an dem Tag, an dem er starb, hatte er sich tatsächlich entschlossen, mich der Polizei anzuzeigen. Ich kannte seine Gewohnheit, gegen Mittag ein Stärkungsmittel einzunehmen, eignete mir eine seiner leeren Flaschen an und vertauschte sie gegen die in seinem Arbeitszimmer.«

»Und die leere Flasche hatten Sie mit Gift gefüllt?«

»Mit Blausäure. So, nun wissen Sie die ganze Wahrheit. Über die Art des Betruges brauche ich Ihnen nichts zu erzählen, aber es war ein sehr schwerer Fall. Der alte Gale hatte mit der ganzen Sache natürlich überhaupt nichts zu tun gehabt.«

Smith antwortete eine Weile nicht. Er saß auf seinem Stuhl und starrte auf den Teppich.

»Ich verstehe«, sagte er schließlich. »Ich dachte schon immer, daß Sie mir eines Tages alles sagen würden. Sie scheinen in großer Gefahr zu sein, Cäsar. Wollen Sie mich jetzt allein lassen, damit ich mir überlegen kann, was wir tun müssen?«

Auf dem Rückweg zu seiner Wohnung verwünschte sich Cäsar selbst, weil er so mitteilsam gewesen war. Smith unterhielt sich währenddessen mit dem Detektiv Steele, der das Nebenzimmer im Hotel bewohnte und das ganze Gespräch mitstenografiert hatte.

Cäsar hatte eigentlich Schlimmeres als nur Vorwürfe von seinem Verbündeten erwartet, und er hielt es für unbedingt notwendig, ihn zu beruhigen, selbst wenn er gezwungen war, dabei einige seiner dunklen Taten zu enthüllen.

Als Cäsar Valentine sein Haus betreten wollte, wurde er verhaftet und zur Polizeistation in der Marlborough Street gebracht. Man klagte ihn des vollendeten und des beabsichtigten Mordes an. Zu seiner Erleichterung entdeckte er, daß auch Smith mit Handschellen auf einer Bank im Amtszimmer saß.

Man stellte sie vor das Polizeigericht und klagte sie an, dann wurde der Fall vertagt. Sieben Tage lang waren die beiden in nebeneinanderliegenden Zellen im Brixton-Gefängnis untergebracht. Sie genossen das ungewöhnliche Vorrecht, auf dem Gefängnishof während der Spaziergänge miteinander reden zu dürfen. Dann verschwand Smith eines Morgens, und Cäsar sah ihn erst bei der Gerichtsverhandlung in Old Bailey wieder. Sein früherer Verbündeter trat dort als Zeuge gegen ihn auf und begann seine Aussage mit den Worten:

»Mein Name ist John Gale. Ich bin Beamter der Kriminalabteilung von Scotland Yard und werde in den offiziellen Akten als Nummer Sechs geführt ...«

*

Der Prozeß endete mit der Verurteilung Cäsars zum Strang. Eine Woche später traf John Gale alias Smith alias Nummer Sechs Stephanie im Teesalon des Piccadilly-Hotels.

»Sie sind doch sicher sehr froh, daß alles vorbei ist«, sagte sie.

Er nickte.

»Etwas möchte ich noch gern von Ihnen erfahren«, erwiderte er. »Ich habe niemals die Haltung verstanden, die Sie mir gegenüber einnahmen.«

»Nein? Und ich dachte immer, ich wäre sehr nett zu Ihnen gewesen.«

»So meinte ich es nicht. Als Sie Cäsar Valentine in Paris beobachteten, waren Sie doch Zeugin eines offenbar schweren Verbrechens am Quai des Fleurs.«

»Gewiß.«

»Aber Sie haben dem Mann gegenüber, der diese Tat beging, niemals Schrecken und Abscheu gezeigt.«

Stephanie lachte.

»Als ich über das Geländer sah, glaubte ich natürlich zuerst wirklich, daß Sie einen Mord begangen hätten. Aber dann entdeckte ich, daß zwei französische Polizeiboote den Mann aus dem Wasser holten und daß er selbst ins Boot kletterte. Da mußte ich doch erkennen, daß das Verbrechen nur vorgetäuscht war, um Cäsar Valentine irrezuführen. Und wenn ich noch einen Zweifel gehabt hätte, wäre er zerstreut worden, als Sie mich in Portland Place aus dem Zimmer befreiten. Außerdem sah ich doch, was Sie auf den Briefumschlag schrieben.«

Er nickte.

»Es war der einzig mögliche Weg, mit Cäsar in Verbindung zu kommen, nachdem ich bemerkt hatte, daß er sich für mich interessierte. Ich wußte genau, daß er das tun würde, denn ich hatte durch Chi So genügend Schauergeschichten über meine frühere Verbrecherlaufbahn verbreiten lassen. Die Boote und der ›todgeweihte‹ Polizist warteten viele Nächte hintereinander am Quai des Fleurs, bis der günstige Augenblick endlich kam. Sie sehen, ich bin nur ein Amateurdetektiv, aber ich habe Ideen.«

»Ich bewundere Ihre ungewöhnliche Bescheidenheit«, erwiderte sie lächelnd. »Haben Sie meinen Vater gefunden?« fragte sie dann ernst.

»Schon vor mehreren Wochen.«

»Aber war es nicht grausam von Ihnen, ihn so lange von mir und meiner Mutter fernzuhalten? Sicherlich gibt es doch jetzt keinen Grund mehr, warum wir ihn nicht gleich sehen könnten?«

»Doch, es gibt einen sehr bedeutsamen Grund«, entgegnete er ruhig. »In drei Wochen bringe ich Sie zu ihm. Er weiß noch nicht, daß Sie und Ihre Mutter leben.«

»Warum denn erst in drei Wochen?«

»Das ist mein und sein Geheimnis.«

Stephanie fragte nicht weiter.

*

Cäsar Valentine sollte seinen Feind noch einmal treffen. Eines Morgens weckte man ihn aus tiefem Schlaf. Die Sträflingskleidung war aus seiner Zelle entfernt worden, und er erhielt den Anzug, den er bei dem Prozeß getragen hatte.

Er erhob sich und kleidete sich an, lehnte es aber entschieden ab, sich von einem Geistlichen trösten zu lassen. Äußerlich schien er vollkommen ruhig zu sein, und er frühstückte auch reichlich und gut. Um Viertel vor acht kam der Gefängnisdirektor, und hinter ihm zeigte sich John Gale.

»Hallo, Gale!« begrüßte ihn Cäsar. »Das wäre also das Ende. Aber mein Leben war sehr amüsant. Lassen Sie sich zum Schluß noch einen Rat geben: Betreiben Sie eine kleine Liebhaberei, dadurch halten Sie das Unheil von sich fern. Fabrizieren Sie zum Beispiel Knöpfe.«

Gale antwortete nicht, und der Direktor gab ein Zeichen.

Ein Beamter, der eine kurze Leine in der Hand trug, trat ein.

»Entschuldigen Sie«, sagte Cäsar, kniete zum größten Erstaunen aller Anwesenden vor seinem Lager nieder und bedeckte das Gesicht mit den Händen.

Dann erhob er sich, wandte sich um und starrte mit weitaufgerissenen Augen den Mann an, der zuletzt hereingekommen war.

»Mein Gott!« Er atmete schwer, und seine Sprache klang eigentümlich schleppend. »Sie – sind – der Henker?«

Welland nickte.

»Auf diesen Tag und auf diese Stunde habe ich gewartet«, erwiderte er und fesselte sachkundig Cäsars Hände auf dem Rücken.

»Aber Sie haben umsonst gewartet!«, rief Cäsar triumphierend. »Wieviel Knöpfe sind an meinem Rock?«

Weiland und die anderen sahen, daß ein Knopf fehlte.

»Blausäure in fester Form und ein wenig Gummi geben – einen – ausgezeichneten Knopf«, stieß Cäsar mühsam hervor, dann brach er zusammen.

Sie legten ihn auf das Bett, aber er war schon tot.

Ende

Über tredition

Eigenes Buch veröffentlichen

tredition wurde 2006 in Hamburg gegründet und hat seither mehrere tausend Buchtitel veröffentlicht. Autoren veröffentlichen in wenigen leichten Schritten gedruckte Bücher, e-Books und audio-Books. tredition hat das Ziel, die beste und fairste Veröffentlichungsmöglichkeit für Autoren zu bieten.

tredition wurde mit der Erkenntnis gegründet, dass nur etwa jedes 200. bei Verlagen eingereichte Manuskript veröffentlicht wird. Dabei hat jedes Buch seinen Markt, also seine Leser. tredition sorgt dafür, dass für jedes Buch die Leserschaft auch erreicht wird.

Im einzigartigen Literatur-Netzwerk von tredition bieten zahlreiche Literatur-Partner (das sind Lektoren, Übersetzer, Hörbuchsprecher und Illustratoren) ihre Dienstleistung an, um Manuskripte zu verbessern oder die Vielfalt zu erhöhen. Autoren vereinbaren direkt mit den Literatur-Partnern die Konditionen ihrer Zusammenarbeit und partizipieren gemeinsam am Erfolg des Buches.

Das gesamte Verlagsprogramm von tredition ist bei allen stationären Buchhandlungen und Online-Buchhändlern wie z. B. Amazon erhältlich. e-Books stehen bei den führenden Online-Portalen (z. B. iBookstore von Apple oder Kindle von Amazon) zum Verkauf.

Einfach leicht ein Buch veröffentlichen: **www.tredition.de**

Eigene Buchreihe oder eigenen Verlag gründen

Seit 2009 bietet tredition sein Verlagskonzept auch als sogenanntes "White-Label" an. Das bedeutet, dass andere Unternehmen, Institutionen und Personen risikofrei und unkompliziert selbst zum Herausgeber von Büchern und Buchreihen unter eigener Marke werden können. tredition übernimmt dabei das komplette Herstellungs- und Distributionsrisiko.

Zahlreiche Zeitschriften-, Zeitungs- und Buchverlage, Universitäten, Forschungseinrichtungen u.v.m. nutzen diese Dienstleistung von tredition, um unter eigener Marke ohne Risiko Bücher zu verlegen.

Alle Informationen im Internet: **www.tredition.de/fuer-verlage**

tredition wurde mit mehreren Innovationspreisen ausgezeichnet, u. a. mit dem Webfuture Award und dem Innovationspreis der Buch Digitale.

tredition ist Mitglied im Börsenverein des Deutschen Buchhandels.

Dieses Werk elektronisch lesen

Dieses Werk ist Teil der Gutenberg-DE Edition DVD. Diese enthält das komplette Archiv des Projekt Gutenberg-DE. Die DVD ist im Internet erhältlich auf **http://gutenbergshop.abc.de**

Zeitfracht Medien GmbH
Ferdinand-Jühlke-Straße 7
99095 Erfurt, Deutschland
produktsicherheit@kolibri360.de